Matthias Gundel

Süßigkeiten
zum Lesen

Bibliografische Information der Deutschen Nationalbibliothek: Die Deutsche Nationalbibliothek verzeichnet diese Pub-
likation in der Deutschen Nationalbibliografie;
detaillierte bibliografische Daten sind im Internet über
http://dnb.dnb.de abrufbar.

Herstellung und Verlag:
BOD - Books on Demand, Norderstedt

ISBN: 978-3-7460-1379-4

Geschichten zum Mitnehmen

Schon seit Jahren stand das kleine Geschäft inmitten der Einkaufsstraße leer. Die Menschen zogen vorbei und würdigten den Laden nicht einmal eines Blickes. Eines Tages jedoch war etwas anders und das merkten auch alle, die trotz Hektik und Eile an der Häuserfront vorbei liefen. Die beiden Schaufenster waren mit einem grünen Vorhang zugezogen. Warf man einen Blick in den Eingangsbereich, so sah der aufmerksame Beobachter nur, dass Licht brannte. Selbst in der Nacht konnte man, wenn auch nur ganz leise, geschäftiges Arbeiten in den Räumen der Rheinstraße hören.

An dem Wochenende, an dem die Uhren zurückgestellt wurden, war es soweit: Es hing ein handgeschriebenes Schild vor der Tür. Auf diesem stand:

Wir eröffnen am nächsten Freitag um 16 Uhr. Jeder, der vorbeischaut, bekommt eine kleine Überraschung.

Wie ein Lauffeuer verbreitete sich die Nachricht in der Stadt. Immer wieder sah man Menschen die Köpfe zusammenstecken, weil sie über den neuen Laden sprachen. Jeder wollte mehr wissen als der andere, nur war es aber so, dass keiner wirklich etwas wusste.

„Was soll denn hier eröffnen? Sicherlich wieder so ein Schnellimbiss, von denen wir sowieso genug haben. Oder vielleicht ein Café'? Wir haben doch schon so vieles in unserer Stadt! Wer wagt sich denn in diesen Laden? So alt und gammelig, wie der aussieht." Das dachten all die Menschen in der kleinen verträumten Stadt.

Schließlich wurde am Donnerstag an der Eingangstüre ein weiteres Schild angebracht. Dort stand:

„Süßigkeiten zum Lesen -
Geschichten zum Mitnehmen".

Am folgenden Freitag war dann die Eröffnung. Die grünen Vorhänge fielen und man konnte einen Blick in das Geschäft werfen. Es war mit einer Theke eingerichtet, vor der weiße Stühle standen. Hinter der Theke gab es einen großen Bücherschrank und auf der Ablage stand ein Computer.

Pünktlich um 16 Uhr war es soweit: Aus der geöffneten Ladentür hörte man leise Musik. Menschen versammelten sich, aber keiner wollte das Geschäft betreten. Schließlich kam Frau Mahlstein, die Besitzerin und sprach: „Liebe Kundinnen und Kunden, kommen Sie näher! Treten Sie ein!

Es erwartet Sie ein besonderes Einkaufserlebnis. Jeder, der heute etwas bei mir kauft, bekommt eine Tafel Schokolade gratis. Außerdem gibt es jede Menge Tee." Kurz darauf waren die ersten Kunden im Geschäft. Maria stand gespannt hinter der Theke.

„Ich möchte eine mittelgroße Geschichte zum Thema Freundschaft zum Mitnehmen", sagte der junge Mann freudestrahlend und Maria begab sich sofort an das Regal, das hinter ihr stand.

Wenige Augenblicke später sah sie den Kunden mit ihren großen Augen an und sagte: „Hier, bitteschön. Einmal eine mittelgroße Geschichte zum Thema Freundschaft. Außerdem gratis für Sie das Willkommensgeschenk - eine Tafel Schokolade."

Die unsichtbaren Kopfhörer

Neulich saß ich in meiner Küche, habe mir einen warmen Tee mit Orangengeschmack gemacht und leckere Butterkekse mit Schokolade genossen.

Die Sonne schien hell und warm durch das Fenster direkt auf meinen Platz. Gemütlich ließ ich meinen Blick durch den Raum schweifen und betrachtete mir den Strauß roter Rosen, die vor mir in frischem Wasser standen.

Meine Augen wanderten weiter in Richtung Fenster. Hatte es da nicht eben geklopft? Ohne weiter nachzudenken, nahm ich einen kleinen Schluck von meinem leckeren Tee. Als ich gerade in einen Keks beißen wollte, hatte es wieder den Anschein, als ob es wirklich geklopft hat. Hektisch sprang ich auf und öffnete das Fenster, als ich einen Hamster mit Fallschirm auf einem Ast mir schräg gegenüber sah. Ich murmelte nur so vor mich hin: „Nein, das kann doch nicht sein. Ich träume gewiss. Das ist doch kein Hamster dort..." Ehe ich die Gedanken zu Ende denken konnte, begann er kleine Hamster auch schon, mich anzuschauen.

„Kennst du mich denn nicht mehr?", begann er. Angewurzelt blieb ich stehen. Meine Lippen waren wie zusammen genäht, denn ich bekam in diesem Moment kein einziges Wort heraus. Der Hamster fuhr fort: „Na, ich bin es, Sammy. Du hast mich früher ganz oft besucht und leckeren Salat mitgebracht. Damals in ..."

Jetzt fiel ich ihm ins Wort und erwiderte: „Na klar, kenne ich dich noch. Wo kommst du denn her? Woher weißt du, wo ich wohne? Wieso kannst du überhaupt sprechen?" Während meine Fragen geradezu aus mir heraus sprudelten, sprang Sammy auf das Fensterbrett, rollte seinen Fallschirm ein und betrat meine Küche.

„Ich habe dir etwas mitgebracht.", fuhr er in bester Laune fort. Nach wie vor konnte ich meinen Augen und Ohren nicht trauen. Alles erschien mir mehr als unwahrscheinlich.

Nach kurzem Zögern antwortete ich dann: „Was hast du mir mitgebracht? Sag schon! Außer deinem Fallschirm kann ich nichts sehen. Willst du mich auf die Probe stellen?" „Nein, nein, warte kurz, ich will es dir gleich verraten." Die nächsten Sekunden kamen mir wie Stunden vor, als Sammy schließlich seine beiden Pfoten nahm und über seine Ohren streifte. Was dann zum Vorschein kam, war ungewöhnlich und einmalig zugleich.

Der kleine Hamster erklärte mir: „Schau mal, das sind Kopfhörer. Es sind aber nicht irgendwelche Kopfhörer, sondern ganz besondere.

Jeder Mensch hat sie auf seinem Kopf, aber sie sind unsichtbar, brauchen keinen Strom und auch kein Kabel. Sie funktionieren nur mit deinem Herz, mit dem sie direkt verbunden sind. Du kannst mit ihnen viele unbeschreibliche Melodien hören. Fühl mal an deine Ohren, du wirst sie auch spüren."

Jetzt setzte Sammy seine Kopfhörer wieder auf und ich begann nach meinen zu suchen. Noch nie habe ich von alle dem gehört. Aber: Sie waren wirklich da! Rasch lief ich zum Spiegel und wollte mich überzeugen, aber sie waren tatsächlich unsichtbar. Auch ein Kabel war nicht zu finden. Kurz darauf drehte ich mich zu Sammy um und fragte ihn: „Welche Melodien kann man damit hören. Ich höre nämlich nichts. Sind die Kopfhörer kaputt?"

Der kleine Hamster lächelte mich an, verdrehte seinen wuscheligen Kopf leicht nach links und erklärte mir dann: „Du hörst ständig Melodien aus deinen Kopfhörern. Manchmal sind die

Klänge traurig, wenn es dir schlecht geht. Oftmals sind es die höchsten Töne, wenn du dich wohl fühlst. Immer wenn du mit Menschen zusammen bist, kannst du auch ihre Töne hören. Komm, mach mit mir eine Gedankenreise und ich will dir alles erklären. Zuvor aber noch eine kleine Geschichte vom Baum der Freundschaft"

Inmitten eines Tales erhebt sich ein kleiner Berg empor, der gerade einmal so groß ist, dass er ein bisschen über die Spitzen des umliegenden Waldes hinausblicken kann. Der Berg fühlt sich sehr wohl, weil er vielen Tieren, Pflanzen und Bäumen ein schönes, aber auch sicheres Zuhause schenkt. Auch besuchen ihn viele Menschen, um sich zu erholen und um seine Schönheit zu bewundern. Richtung Westen gibt es auf einer kleinen Anhöhe des Berges eine ganz bestimmte Stelle, wo sich ein großer Stein befindet. Dieser ist leicht mit Moos überzogen, um ihn herum wachsen kleine gelbe Butterblumen. Genau hier treffen sich ganz oft zwei beste Freunde. Beide sind sehr glücklich darüber, dass sie eng befreundet sind und sich vertrauen können. Nur durch wahre Freunde wird das Leben vollkommen. Als Zeichen ihrer Verbundenheit pflanzen sie eines Sommers neben dem Stein einen Birnbaum. Wie ihre Freundschaft immer weiter wächst, wächst der Obstbaum.

So wie ihre Freundschaft viele Früchte trägt, so beginnt der Baum auch Jahr für Jahr neue Früchte zu tragen.

Nach dieser kurzen Geschichte führte Sammy meine Gedanken ein paar Jahre zurück. Ich erinnerte mich an die alte Parkbank, wo wir immer waren und über alles gesprochen haben, was uns bewegt hat. Einmal fragte ich dich, wie das mit dem Auf und Ab im Leben ist. Dabei hast du meine Hand genommen und mir ein buntes Heftpflaster gegeben. Es sollte mich stark machen, mich trösten und meine Wunden heilen, wenn ich einmal traurig bin oder mir Böses widerfahren ist. Außerdem sollte es mich vor Ungerechtigkeit und Verletzungen bewahren.

Du meintest, dass man im Leben manchmal glatt wie ein Aal sein muss, damit die Menschen an ihren Ungerechtigkeiten, die sie einem zuteil haben lassen, selbst ausrutschen.

Anschließend fragte ich dich, wie es dir geht, wenn du verletzt worden bist oder du eine Niederlage im Leben erfahren musstest.

Dazu hast du mir eine kleine Geschichte erzählt:

In einem fernen Land gräbt man nach Diamanten. Tonnen von Erdreich werden bewegt, um einen kleinen Kiesel zu finden, der nicht einmal so groß ist, wie der kleine Fingernagel.

Die Grubenarbeiter achten nur auf die Diamanten, nicht auf das Erdreich. Sie bewegen Riesenmengen Erdreich, um die Edelsteine zu finden.

Im Alltagsleben vergessen die Menschen dieses Prinzip und werden zu Pessimisten, weil es mehr Erdreich als Diamanten gibt.

Wenn auf dich Schwierigkeiten zukommen, lass dir von den negativen Werten keine Angst einjagen. Suche nach den positiven Werten und grabe sie aus. Sie sind so wertvoll, dass es nichts ausmacht, wenn du viele Tonnen Erdreich wegräumen musst.

In diesem Augenblick, hat mich Sammy ge-
stupst, denn ich war vollkommen in meinen Gedanken versunken. Er sah mich fragend an:
„Hast du die Melodie der Freundschaft über
deine unsichtbaren Kopfhörer gehört?" Ich entgegnete ihm mit Leidenschaft: „Ja, das habe
ich! Nicht nur gehört habe ich die Melodie,
auch gefühlt habe ich sie."
Sammy fuhr fort: Freunde berühren dein In-
nerstes, denn sie sind wahre Seelentaucher für
dich. Sie geben dir die Luft und den Raum zum
Atmen, den du brauchst. Ein wahrer Freund ist
ein Mensch, vor dem du alles frei sagen kannst.
Sammy erinnerte mich an viele weitere Momente in meinem Leben, an denen ich schon oft
die Melodie der Freundschaft gehört habe.

Währenddessen dachte ich darüber nach, was
eine echte Freundschaft ausmacht? Echte
Freundschaft ist, wenn du nicht mehr aufhörst
zu weinen und dein Freund kommt ganz schnell
zu dir geeilt, um deine Tränen zu trocknen.
Echte Freundschaft zeichnet sich dadurch aus,
dass du mit diesem Menschen rund um die Uhr
das ganze Jahr sprechen kannst, wenn du ihn
brauchst.

Freundschaft wärmt dein Herz! Dein Leid und das deines Freundes werden gegenseitig getragen. Bedenke, dass dir jeder Freund auf einer anderen Ebene begegnet. Auch wenn Liebe und Freundschaft andere Früchte tragen, so sind sie beide das Ergebnis aus einer gemeinsamen Wurzel. Freunde sind immer für dich da, auch wenn du sie nicht ständig sehen kannst.

Wenige Zeit später kam eine junge Frau in den Laden von Frau Mahlstein. Sie sah auf den ersten Blick nicht gerade sehr glücklich aus. Intensiv las sie die Bestellkarte der „Geschichten zum Mitnehmen" an und begann schließlich: „Also, äh, für mich bitte einmal eine kleine Geschichte mit Happy End über die Sehnsucht. Seitdem ich meinen Freund verlassen habe, überkommt mich immer mehr die Sehnsucht nach ihm. Ich brauche etwas, das mich aufbaut."

Maria sah ein Glitzern in den Augen der Frau, die wohl jeden Moment begonnen hätte zu weinen, wenn sie nicht in ganz schnell die Erzählung von der kleinen Wolke bekommen hätte.

Für ein ganzes Leben

Eines Nachmittags geht eine kleine Wolke am Sommerhimmel spazieren. Einsam und traurig wandelt sie über die Menschen mit ihren Häusern und Straßen hinweg.

Dabei denkt sie so vor sich hin: „Keiner hat mich lieb und mag mit mir zusammen sein. Ich wünschte mir jemanden an meiner Seite, mit dem ich reden kann und auf den ich mich freuen kann." Tief in ihrem Kummer versunken, fängt die kleine Wolke an zu weinen. Unzählige Regentropfen fallen auf die Erde und lassen mit einem Mal die Erde ganz nass werden. Lange Zeit geht es der Wolke so, bis eines Tages folgendes geschieht: Die Sonne begrüßt gerade den neuen Tag mit einem purpurroten Lachen als nicht allzu weiter Entfernung eine tiefweiße, blumige Wolke auftaucht. Unsere kleine Wolke kann es zuerst gar nicht fassen, es kribbelt ganz heftig, als ob gleich ein Gewitter entsteht. „Hallo, wer bist du denn?", fragt die kleine Wolke die andere ganz vorsichtig. „Mein Name ist Medusa. Wenn du magst, gehen wir ab sofort unseren Weg gemeinsam."

Von nun an ziehen beide gemeinsam um die Welt und sind seit diesem Augenblick tief miteinander verbunden. Wenn beide einmal für sich allein unterwegs sind, tragen sie stets die guten Worte der anderen mit sich.

In den Abendstunden füllte sich das Geschäft immer mehr, denn inzwischen wollte jeder wissen, was denn „Süßigkeiten zum Lesen" sind.

Schließlich kam ein Mann, der einen Prospekt von einem Schnäppchenmarkt in seinen Händen hielt. Dieser ging geradewegs auf Maria zu und bemerkte schnippisch: „Sowas, sowas habt ihr nicht. Eine Schnäppchengeschichte wie vom Discounter. Etwas, was wenig kostet und von dem ich ganz viel habe."

Wortlos drehte sich Maria um und kramte in den Schubladen unter dem Regal. Als sie schließlich wieder aus der Versenkung erschienen war, legte sie dem Mann ein weißes Blatt und einen Bleistift auf den Platz. „Für eine Discountgeschichte brauchen Sie das hier. Ich gebe Ihnen das Papier, den Stift und einen Bündel an Satzzeichen. Alles für 0,99 Euro." Verdutzt schaute der Mann die Verkäuferin an und legte ihr anschließend wortlos 1 Euro auf den Tisch.

Gerade als Maria das Wechselgeld aus der Kasse nehmen wollte, war der Kunde bereits verschwunden.

Eine Frau war gekommen und stand an der Theke. „Mein Kind. Ich vermisse die gute alte Zeit! Zu gerne möchte ich sie nacherleben dürfen." Mehr konnte sie gar nicht sagen, denn Maria fiel ihr gleich mit ruhiger Stimme ins Wort: „Ich habe da etwas Besonderes für Sie. Ist zwar kurz, dafür aber eine Geschichte aus alten Zeiten. Hier nehmen Sie sie mit. Wünsche viel Freude." Über beide Ohren strahlte die alte Dame, als sie das liebevoll verpackte Stück Papier in ihren Händen hielt.

Die Geschichte der Einmachgläser

Es war einmal eine Frau, die lebte in einem kleinen Haus im Süden des Landes. Ihre Leidenschaft war ihr Garten, in dem sie allerlei Obst und Gemüse hatte und in dem sie sich jeden Sommer aufhielt. Während der dunklen Jahreszeit war sie viele Stunden damit beschäftigt, leckere Marmeladen einzukochen.

Schließlich fanden die süßen Früchte ihren Platz in den handbeschriebenen Einmachgläsern.

Diese hatten schon viele Jahre hinter sich, wurden sie doch immer von einer zur nächsten Generation vererbt. Jedes Mal, wenn die alte Frau ihre Früchte konservierte, dachte sie an die gute alte Zeit.
Bei jedem Löffel Marmelade, der in eines der Gläser gefüllt wurde, hat die Frau ihre Erinnerungen darin eingebettet.

Den gesamten Winter über, wenn es draußen kalt war, aß sie ihre Marmeladen. Bei jedem Bissen, sogar nur beim Geruch der Leckereien, fühlte sie sich in ihre erfüllte Vergangenheit versetzt. Oft hatte sie am Sonntagnachmittag hatte Besuch, dem sie statt Kuchen wohlschmeckende Marmeladenbrote zum warmen Tee anbot. Alle ihre Freunde und Verwandten lobten nicht nur den Geschmack des leckeren Aufstrichs, sondern fühlten sich beim Genuss ganz besonders wohl. Auch sie haben dabei an schöne Erinnerungen in ihrem Leben gedacht.

Warum kann man nicht einmalige Augenblicke wirklich in ein Marmeladenglas einmachen und diese dann löffeln, wenn man Sehnsucht hat?

Immer mehr Menschen strömten in den Laden „Süßigkeiten zum Lesen". Am Ende des ersten Verkaufstages stellte Frau Mahlstein ein besonderes Highlight an die Kasse: Es war ein Stand aufgebaut, an dem lauter kleine grüne Schachteln hingen, auf denen zwei Blumen in der rechten unteren Ecke aufgeklebt waren.

Da war auch noch ein Schild am Regal angebracht auf dem stand: „Nimm mich mit!" Einen Moment verweilten die Kunden und betrachteten alles, was sich ihnen da bot. Im Laufe der Zeit versammelten sich immer mehr Menschen ringsum den Stand. Man konnte murmelnde Stimmen hören: „Was ist denn das? So etwas habe ich noch nie gesehen! Was wohl eine grüne Schachtel kosten wird?"

Keiner der Kunden nahm auch nur eine der Boxen in seine Hände, bis schließlich die Besitzerin eine Ansage machte: „Sehr geehrte Kundinnen und Kunden!

Zur Eröffnung haben wir heute ein ganz besonderes Angebot für Sie. Unsere grünen Geschenkkästchen. Nur heute für Sie erhältlich und das auch nur für kurze Zeit! Greifen Sie zu und lassen Sie sich diese Chance nicht entgehen!" Nun dauerte es nur noch ein paar Sekunden, bis alle eine Box nahmen.

Alles ging jetzt so schnell, dass nach wenigen Augenblicken das gesamte Regal leer gekauft war.

Im Geschäft gab es ein paar gemütliche Ecken und Sitzmöglichkeiten, um sich in aller Ruhe niederzulassen. Bei leckerem Tee konnte sich jeder mit seinem Kauf befassen. Es schien so, als ob sich in den Schachteln ein kleines Buch befand, das durch die grüne Verpackung liebevoll eingehüllt sein sollte.

Auf der Rückseite stand eine Gebrauchsanweisung. Es stand geschrieben: „Öffne mich, wenn du zur Ruhe gekommen ist. Begib dich an einem Ort, wo du dich wohlfühlst. Nimm dir bitte genügend Zeit für mich!"

Gespannt begannen alle darin zu lesen.

Tagebuch der Zukunft

Am späten Sonntagnachmittag überkam es Nilaja, wieder einmal auf ihren Dachboden zu gehen. Dort befanden sich ein paar kleine Zimmer, die sie schon seit Jahren nicht mehr betreten hatte.

In der leicht schummrig, staubigen Atmosphäre stand sie vor einer Türe, die in einem schönen Grün gestrichen war. Darin war ein kleines Fenster, allerdings war es nicht möglich, einen Blick darin zu werfen, denn die Scheibe war leicht beschlagen. Voller Neugier öffnete Nilaja mit einem lauten Knarren die Türe und betrat den Raum. Ein leicht modriger Geruch stieg ihr in die Nase, die Luft war feucht und warm. Das Zimmer hatte nur ein Fenster und das war mit einem orangen Vorhang bedeckt, so dass die Sonne nur leicht zu erahnen war. Behutsam schaute sie sich um. Im hintersten Eck sah die Frau eine alte Kommode stehen. Wie lange mag sie diese wohl nicht mehr geöffnet haben?

Der knorrige Boden begleitete ihre langsamen Fußtritte in Richtung der Kommode. Schließlich stand sie direkt davor und schaute in den Spiegel, der darüber hing.

Dieser war voller Spinnweben und mit Staub bedeckt. Doch was war das? Hatte es nicht gerade leicht geblitzt, als Nilaja auf ihr Spiegelbild geschaut habe? Ja, es war ein Blitz, ein gelber unscheinbarer Blitz, der entgegen geleuchtet hat! Erschrocken wich sie einen Schritt zurück. Da! Wieder hat es geblitzt! Was sollte das?

Nachdem sie sich beruhigt hatte, öffnete sie mit starkem Zittern die Kommode, es fiel ihr schwer, da sich im Laufe der Jahre das Holz doch verzogen hat und die Schubladen klemmten.

Mit ein wenig Kraft zog Nilaja am oberen Kommodenteil und sah zwei grüne Strümpfe liegen. Sachte nahm sie diese in ihre Hand. Erneut war ein Blitz im Spiegel zu erkennen, dieses Mal noch deutlicher und länger.

Der Spiegel schrieb ihr eine Botschaft in gelben Lettern:

Wenn du das Glück für dich finden willst, nimm die grünen Strümpfe, ziehe sie an und lass dir den Weg zeigen. Das Glück ist in dir.

Wie gebannt stand sie da und zog die Strümpfe an. Nach kurzer Zeit begann sie in ihrem alten Schreibtisch zu stöbern. Eigentlich wollte sie diesen schon vor Jahren entrümpeln, fand aber den heutigen Tag richtig passend dafür. Schon beim Öffnen der linken Türe fielen unzählige beschriebene Blätter heraus, die dann so schwer waren, dass sie unter ihrer eigenen Last auf den Boden gesunken waren. Dahinter verbarg sich wohl sortiert ein kleiner Schatz an Tagebüchern, die mit vielen Worten gefüllt und mit entsprechenden Bildern ausgeschmückt waren.

Wie angewurzelt saß Nilaja auf dem Boden, nahm einen Teil zufällig heraus und begann zu lesen.

Es standen viele unvergessene Erinnerungen darin. Gleich auf der ersten Seite war festgehalten: Erinnerungen sind die Sterne in deiner Seele. Du denkst an einen glücklichen Augenblick zurück und fühlst dich wohl und stark in diesem Moment. Das bringt dir neue Energien für deine nächsten Vorhaben. Beim Lesen verbrachte sie viel Zeit und nahm ein Buch nach dem anderen in ihre Hände. Langsam hatte die Frau den Eindruck, dass sie wie eingesogen wurde von ihren eigenen Sätzen, die sich da vor ihren Augen präsentierten. Doch was ist das? Ein Buch, da war ein Buch mit einem bunten Einband. Nilaja konnte sich gar nicht erinnern, dass sie ein solches Exemplar besaß und überlegte sich, wann und wo sie es gekauft haben sollte. Wer sollte es in ihren Schreibtisch gelegt haben? Neugierig öffnete sie das Buch und sah, dass auf den ersten Seiten ein paar Postkarten mit Sprüchen eingeklebt waren.

So stand gleich auf der ersten Seite:

> Die Wärme der Liebe ist für
> die Menschen unersetzlich.

Darunter fanden sich handgeschriebene Zeilen: „Hallo Nilaja, wenn du dieses Buch in deinen Händen hältst, darin liest und an mich denkst, habe ich eine Aufgabe für dich: Drei Seiten dieses Buches fehlen. Gehe los und suche sie. Hast du sie gefunden, so wird dir das Buch eine vollständige Geschichte erzählen. Wenn du dich jetzt fragst, wo du suchen sollst, so erinnere dich an die Orte, an denen wir gemeinsam waren. Einen Tipp habe ich noch für dich:

Die erste Botschaft liegt in einem Einkaufs-
markt gleich in der Nähe meiner ehemaligen
Wohnung – nämlich genau dort, wo wir immer
leckeren Kirschsaft gekauft haben."

Danach hörten die geschriebenen Zeilen auf
und es fehlten in der Tat die nächsten Seiten. Es
schien so, als ob sie feinsäuberlich herausgetrennt waren. Der Rest des Buches war leer,
nicht einmal die gezogenen Linien waren zu erkennen, wie sie auf den ersten Seiten gedruckt
waren. Für sie war klar: Sie muss da hin, egal
wann und egal wie. Morgen in der Früh würde
sie starten und die drei Seiten für ihr Buch suchen.

Die folgende Nacht hat Nilaja sehr wenig ge-
schlafen, weil sie noch lange in ihren Büchern
las.
Außerdem dachte sie immer wieder an ihre
Aufgabe, die sie zu erfüllen hatte. Bereits um 6
Uhr morgens stand die Frau auf, um auch mög-
lichst pünktlich zum Öffnen des Supermarktes
vor Ort zu sein. Die Autofahrt war schier un-

endlich und jeder Kilometer, den sie der Festspielstadt näher kam, verursachte stärkeres Herzklopfen, als sie es ohnehin schon hatte.

Gegen 8 Uhr war es dann soweit. Mit zittrigen Beinen parkte Nilaja ihr Auto auf dem Kundenparkplatz und betrat den Markt. Die Regale waren bis oben voll mit Lebensmitteln gepackt, dass sie sich vor Last schon bogen. Der Fußboden war stets uneben und machte es schwer, mit einem Einkaufswagen entspannt zu fahren. Langsam lief sie durch den Markt und erweckte den Eindruck, dass sie nach ihrem Einkaufzettel den wöchentlichen Vorrat decken wollte, aber eigentlich war sie auf der Suche nach der ersten Seite des Buches.

Dann erinnerte sie sich: Kirschsaft! Der stand doch immer neben dem Brot. Also nichts wie hin! Vor dem Regal angekommen, merkte sie, dass dieses nicht ganz fest verschraubt war, was ja auch klar war, denn selbst an einem Regal gehen die Spuren der Zeit nicht einfach so vorüber.
Unbemerkt von den anderen Kunden hob sie die Abstellfläche leicht an. Was war da?

Ein Blatt Papier! Ob es wohl die erste gesuchte Seite war? Mit Fingerspitzengefühl zog sie es aus der kleinen Spalte hervor und merkte, dass sie Recht hatte.

Auf dieser Seite stand:

Entdecke in deinem Leben immer wieder Neues. Das ist der wahre Sinn deiner Reise.

Schließlich folgte dann wieder ein handschriftlicher Zusatz: „Prima, du hast die erste Hürde überwunden. Nimm das Blatt und lege es in dein Buch, begebe dich anschließend auf den Weg zur Wohnung. Überlege dir, wo wir immer standen, um auf den Bus zu warten. Genau da soll dich mein zweiter Gruß erreichen. Mach es gut und bis gleich, ich warte auf dich und die Linie 7 ebenfalls."

Ruhig und gelassen ging Nilaja in Richtung Kasse und verließ kurz darauf den Supermarkt. Der Weg zur Bushaltestelle war nicht weit, denn alles hier war in kurzen Schritten zu erreichen. Tief in Gedanken versunken lief die Frau wenige Meter, bis sie fast an den Fahrplan gestoßen wäre. Ein Paar Menschen standen hier, sie schienen auf den Linienbus zu warten, der um diese Zeit meist sehr voll war.

In einigen Minuten hatte sie freie Bahn, dann war die Haltestelle leer und sie konnte mit dem Suchen beginnen. Da kam er auch schon, der Bus und die Menschen versuchten die letzten verfügbaren Sitzplätze zu erhaschen. Fragend sah sie der Busfahrer an, bis Nilaja sich mit einem freundlichen Kopfschütteln abwandte und der Bus schließlich weiterfuhr.

Wo standen wir doch gleich wieder? Meistens neben der winzigen Grasanhöhe, die rechts neben der Überdachung war. Nichts hatte sich verändert, die Fläche war noch da. Heimlich begann sie das Gras auf die Seite zu legen und ein bisschen in der Erde zu buddeln. Nichts? War das alles doch nur ein böser Scherz oder träumte sie gerade? Nein, da war doch was!

Ein Röhrchen befand sich vollkommen unbemerkt in den tieferen Sandschichten. Es war ihr Röhrchen! Behutsam nahm sie es an sich und öffnete es. Darin war eine weitere Seite für, auf der stand:

Nur das wunderbar Einmalige im Alltäglichen
ist die echte Lebensweisheit.

Wiederum waren auch ein paar Worte an Nilaja
gerichtet: „Du bist großartig! Bedenke diesen
Satz in deinem Leben. Alles ist gut, selbst,
wenn du es nicht gleich erkennst. Nimm´ den
nächsten Bus, der kommt und fahre in die Innenstadt. Sieh´ dich an der Stelle um, an der ich
immer mein Fahrrad abgestellt habe. Dort bei
den Altpapierstapeln findest du die letzte Nachricht und die Auflösung unserer Schnitzeljagd."

In dieser Minute stand auch schon der nächste
Linienbus vor ihr, sie löste eine Karte und lies
sich direkt in die Fußgängerzone fahren. An einem schönen Sommertag wie heute waren viele
Menschen unterwegs, die Eisdielen waren voll
und von überall her hörte man Kinder und fröhliche Menschen. Das alles nahm die Frau deutlich weniger zur Kenntnis, war sie doch mit einem Kribbeln im Bauch zur beschriebenen
Stelle unterwegs.

Die Sonne schien ihr in den Rücken, der Himmel war wolkenfrei, die Luft warm und roch

wahrlich nach Sommer. Langsam, aber sicher näherte sie sich dem besagten Hinterhof. Die Stapel von Papier gab es immer noch, selbst der kleine blaue Tisch stand noch in der Ecke wie ein nicht gehobener Schatz. Der Balkonkasten auf dem Fenstersims war leer, keine Blütenpracht mehr am Eingang.

So dachte sie sich: Hoffentlich entdeckt mich niemand. Ich muss die Auflösung finden, denn ich muss wissen, was du mir mit deinen Sätzen sagen wolltest. Wie sollte ich nur zwischen den vielen Stapeln Papier deine letzte Botschaft finden? Ist sie vielleicht weg und der Müllverbrennungsanlage zum Opfer gefallen?

Die Suche kam ihr unendlich vor. Nach ein paar Stapeln wollte sie mit dem Stochern im Heuhaufen aufhören und nach Hause gehen. Auf dem Weg zur Zauntüre fiel es ihr wie Schuppen von den Augen: Das Fahrrad stand doch immer neben der Eingangstüre und diese konnte man nicht verschließen, weil sie immer geklemmt hatte. Also, ein paar Schritte zurück und suchen!

Mit einem bedächtigen Knarren öffnete sich die Haustüre und sie betrat den Vorraum. Die Atmosphäre erinnerte mich an meine unzähligen Besuche. Hier roch es roch nach feuchtem, altem Holz, das man vergessen hatte. Eine Spinnwebe war über das gesamte Fenster, auf dem immer die Werbeprospekte lagen, gewoben. An der Stelle, wo das Fahrrad stand, begann die Wand schon langsam zu bröckeln und der Putz kam zum Vorschein. „Wieder nichts", murmelte sie vor sich hin.

Dabei trat Nilaja vor Enttäuschung so stark an die Wand, dass sich drei Backsteine herauslösten und eine kleine offene Stelle ans Licht trat. Nachdem sich der Staub gelegt hatte, kniete sie sich und fühlte, ob sich dahinter etwas befand. In einer Folie verschweißt hielt sie kurz darauf die letzte Seite in ihren Händen. Auch hier war eine Postkarte zu entdecken:

Jeder Abschluss ist auch immer ein Neubeginn. Jeder entscheidet selbst, ob er etwas beenden will, um Neues zu starten.

Daneben stand geschrieben: Hallo, du hast dein Ziel erreicht. Nimm bitte auch diese Seite, lege sie in dein Buch und beginne danach darin zu lesen. Nun waren die Blätter alle festgeheftet, so als ob sie niemals herausgetrennt wurden. Gespannt blätterte sie weiter und musste zu ihrer großen Verwunderung feststellen, dass die bisher nicht beschriebenen Seiten plötzlich voll mit gedruckten Wörtern waren. Hier stand geschrieben: Jetzt hast du deine Aufgabe bestens gemeistert. Auch wenn ich es dir nicht persönlich sagen kann, so finde ich es total super! Es war mir klar, dass du meine Schnitzeljagd mitmachst.

Sei getrost, es wird nicht mehr viel zu lesen sein. Nein, vielmehr musst du etwas mit dem Buch hier machen. Alle Sätze, die ich dir auf den Postkarten beigelegt habe, ergeben in der Summe die Saat, die du in den Boden deines Gartens geben musst.

Also: Brich nach Hause auf, pflanze das Buch, ja du hast richtig gehört, du sollst das Buch pflanzen! Ich habe dir immer wieder gesagt, dass alles die Zeit mit sich bringen wird. Die Frucht des Buches, die du eines Tages haben wirst, ist eine Frucht von dem Zeitpunkt, an dem du das Buch mit Erde bedeckst und dir fest etwas wünscht. Dein Wunsch soll in Erfüllung gehen. Du wirst es sehen, vertraue auf mich!

Nach wie vor stand Nilaja wie gefesselt und hielt alles fest in ihrer Hand. Kurze Zeit später entschloss sie sich, den Heimweg anzutreten. Auf der Fahrt dachte sie immer wieder nach: Ich solle das Buch in meinen Garten vergraben, auf das daraus eine Frucht werde. Welche Frucht mag das denn sein?

Am kommenden Morgen machte sich die Frau auf und suchte in ihrem Garten eine entsprechend geeignete Stelle, wo sie das Buch in die Erde geben konnte.
Zum Glück war keiner in der Nähe, der sie hätte beobachten können. Sorgsam und sachte bewegte sie eine Schaufel nach der anderen bis endlich genügend Raum vorhanden war, um das Werk zu verbergen. Etwas mulmig war es Nilaja dann schon, als sie im Anschluss begann, Dünger und Wasser auf die Stelle zu geben.
Wochen- und monatelang tat sich gar nichts, sie verlor schon fast die Hoffnung, dass aus dem

Buch auch nur irgendetwas wachsen könnte. Eines Tages geschah es wie von Zauberhand: Die Erde hatte sich bewegt, ein kleiner Zweig rankte an die frische Luft.

Im Laufe der Zeit beobachtete die Frau das bisher undefinierbare Gewächs weiter, bis sie endlich feststellte, dass es wohl ein Baum werden würde. So gingen etliche Jahre ins Land und mittlerweile stand in ihrem Garten ein wunderschöner Apfelbaum. Seine Blätter waren königlich schön, ein sattes Grün, starke Triebe und vielmehr die Früchte waren nicht nur süß und saftig, sie schmeckten auch noch extrem gut. Jeder Apfel schimmerte golden und man konnte die Früchte schon von der Ferne sehr gut erkennen.

Wie hieß es doch in dem Buch?
Sie hätte einen Wunsch frei, wenn das Buch einmal zum Wachsen begann. Als Nilaja sah, dass es ein Apfelbaum wurde, wünschte sie sich, dass es Glücksäpfel werden sollten. Jeder, der einen Apfel von ihr bekam und diesen dann aß, sollte Glück haben. So überlegte sie sich, an

der Bushaltestelle einen kleinen Laden zu eröffnen. Lange stand dieser leer und die Bewohner
der Stadt waren immer wieder neugierig, ob darin nicht doch wieder ein Geschäft eröffnen
würde. So geschah es, dass sie an einem Tag
Ende Oktober die Räume bezog. Ein großes
Schild brachte sie am Eingang an, auf dem
stand: Glück ist beeinflussbar. Kommen und sehen Sie selbst.

Nilaja bekam regen Zulauf von Kunden, die sie
fragten, was denn dieser Satz bedeutete und wie
sie denn das Glück beeinflussen könnten.

Ist nun der Wunsch aus dem Buch in Erfüllung
gegangen? Ganz bestimmt! Es war immer so,
dass jeder, der einen Apfel von ihrem Baum bekommen hat, stets ein Lächeln auf den Lippen
hatte und sehr glücklich war. Viele Menschen
fühlten sich nach dem Essen eines Apfels frei
und zufrieden. Etwas Unbeschreibliches war
mit ihnen geschehen.

Das war also das Geheimnis, das in dem Tagebuch stand, welches bereits in der Vergangenheit für Nilaja geschrieben wurde, aber dann
doch für die Zukunft galt. Ein Tagebuch der Zukunft.

Die Uhr im Kühlschrank

Heute war wieder einer dieser Tage, an dem mein Terminkalender so ausgefüllt war, dass ich sogar ein zusätzliches Blatt einheften musste, um alle Vorhaben zeitlich festzuhalten.

„Mit der Zeit war es doch ein echter Graus", dachte ich mir, als ich das Haus um 7 Uhr verlassen habe. „Du rennst von einer Besprechung zur anderen, von einer Veranstaltung zur nächsten und hoffst immer wieder, dass dich die Zeit nicht selbst ein- oder gar überholt." Kaum hat sich etwas ereignet, ist es schon wieder vorüber und ein Moment der Vergangenheit. Zwischen meinen Aufgaben des Arbeitstages dachte ich mir dann so: „Wem gehört eigentlich die Zeit? Was würde passieren, wenn es keine Uhren gäbe oder man sie einfach nicht mehr beachtet, als ob sie nicht existierten?"
Tief im Gedanken versunken traf ich meinen Kollegen auf dem langen, fast endlos erscheinenden Flur unseres Geschäftsgebäudes. Wie an jedem Tag schien er auch heute ein bisschen hektisch und einen Grad nervös zu sein.

Das gab mir Anlass, ihn zu fragen, was denn wohl in seinem Kopf so vorgeht. Dabei meinte er nur: „Heute habe ich meine Taschenuhr nicht mehr gefunden, als ich aus dem Haus gehen wollte. Weißt du, dass das für mich ganz besonders schlimm ist? Ich habe das ganze Haus auf den Kopf gestellt, aber sie war wie vom Erdboden verschluckt. Nicht einmal zum Frühstücken kam ich, so spät war ich dran." Ich fiel ihm ins Wort und entgegnete ihm daraufhin, dass auch meine Taschenuhr wie von Geisterhand verschwunden war und ich zum Glück noch meine alte Armbanduhr gefunden habe. Kopfschüttelnd gingen wir beide unseres Weges und dachten wohl auch nicht weiter nach, denn unser Gespräch gehörte auch schon wieder der Vergangenheit an. Ein paar Minuten später kam ich vor dem Besprechungszimmer an.

„Ob ich wohl wieder zu spät bin?", dachte ich nur und ärgerte mich über die vergeudete Zeit auf dem Korridor. Dabei wollte ich nach der aktuellen Uhrzeit schauen, aber was musste ich feststellen? Auch meine Armbanduhr war nicht mehr an ihrem gewohnten Platz. „Das gibt es doch nicht!", fluchte ich lauthals aus mir heraus, was mir aber dann schon wieder peinlich war, weil ich ja unmittelbar vor dem Konferenzzimmer war und es durchaus meine Kollegen hätten hören können. Hektisch begann ich alle meine Taschen nach der verlorenen Armbanduhr zu durchsuchen.

Ergebnis dieser Aktion: Nichts! Meine Uhr war weg. Gibt es neuerdings einen Dieb im Unternehmen?

Es wurde Zeit, in die Besprechung zu gehen, denn ich glaubte, dass ich nun wirklich viel zu spät war und wollte nicht unangenehm auffallen. Beim Betreten des Raumes bot sich mir ein schier unglaubliches Bild: Alle meine Kolleginnen und Kollegen suchten, wie ich, wild in ihren Unterlagen. Keiner sprach auch nur ein Wort, alles was ich hören konnte war ein Geraschel und Geschiebe, was sich als deutlicher Geräuschpegel ausbreitete. Mein Blick an die Garderobenwand lies mein Herz fast stillstehen.

Die große Uhr hatte keine Zeiger mehr! Nur noch das Zifferblatt mit den großen nicht zu übersehenden Zahlen hing wie eine mächtige Scheibe an der sonst weißen Wand. Eine Weile verging, wenn auch keiner wusste, wie lange diese war.

Schließlich mahnte uns unser Chef: „Meine werten Kollegen, es gibt keinen Grund zur Beunruhigung. Unsere Uhr wird gerade repariert und wir werden sie morgen wieder in Betrieb nehmen können. Bitte richten Sie nun Ihre Unterlagen, denn unsere Konferenz beginnt in fünf Minuten, genau um …".

Jetzt war auch der Chef nervös, denn auch ihm schien seine Uhr abhandengekommen zu sein. Auch er begann nun nach seinem geliebten Zeitmesser zu suchen. Es schien aber ebenfalls nicht von Erfolg gekrönt zu sein.

Inzwischen rannten alle meine Kollegen wie Ameisen durch den Raum. Die Situation schien außer Kontrolle geraten zu sein, wenn es nicht schon der Fall war. Nach kurzer Zeit richtete der Chef erneut das Wort an uns: „Aufgrund der außergewöhnlichen Umstände vertagen wir unsere Besprechung auf morgen Mittag. Sie können für heute nach Hause gehen und den restlichen Tag genießen."

In Windeseile war der Saal leergefegt. Auf dem Weg zum Auto traf ich erneut meinen Kollegen. „Sag mal, das ist doch mehr als seltsam? Alle Uhren waren auf einmal weg. Keiner von uns wusste, wo sie sind. Und die Zeiger an der Uhr im Konferenzzimmer waren auch nicht da, ebenso wie im Bistro. Die wurden doch nicht alle zur Reparatur abgenommen, oder?" Ich entgegnete ihm: „Bestimmt nicht. Ich glaube, keiner kann sich vorstellen, was hier wirklich los ist. Eine Welt ohne Zeit. Unglaublich!"

Wir stiegen in unsere Autos und nickten zur Verabschiedung. Auf dem Weg nach Hause machte ich einen Abstecher durch die Innenstadt. Ich traute meinen Augen kaum, als ich sah, dass hier die Menschen sichtlich durcheinander waren. Ob auch hier die Menschen nach ihren Uhren suchten? Einige von ihnen schienen die Suche aufgegeben zu haben und gingen fröhlich durch die Straßen. Manche begannen miteinander zu sprechen, etwas, was keiner in einer Großstadt einfach so tut, weil man doch immer auf dem Sprung war.

Geschäfte wurden für heute geschlossen und manche waren mit ihrer Familie auf dem Weg ins Grüne. Die kleine Bäckerei am Ende der Hauptstraße verschenkte Brezeln an alle Passanten, die sich natürlich freuten.

Zu Hause angekommen, stand schon meine beste Freundin vor der Türe und hatte ihren MP3 Player dabei, auf dem sie immer die neusten Podcasts anhörte. Kaum aus dem Auto ausgestiegen, rannte sie zu mir und sagte: „Hör dir das mal an. Du glaubst es kaum!"

Sofort setzte ich ihre Kopfhörer auf und hörte der Sprecherin aufmerksam zu: „Verschwörung der Zeit oder: Braucht die Zeit auch einmal eine Pause? Werte Hörerinnen und Hörer, Sie werden es heute alle gemerkt haben, die Zeit ist verschwunden. Überall auf der ganzen Welt suchen Menschen vergeblich nach ihren Weckern, Taschen- oder Armbanduhren. An allen öffentlichen Einrichtungen fehlen die Uhrzeiger, das Leben stand für eine kurze Zeit vollkommen still. Meldungen aus allen Kontinenten erreichen uns, die immer wieder davon berichten. Aber das alles hat auch seinen Vorteil: Die Menschen können heute innehalten, sie können einmal zur Ruhe kommen.

Zeit ist nicht alles, was ihr alle braucht. Manchmal ist es gut, einmal nicht zu wissen, wie spät es ist. Warum, werte Hörer, sollte sich die Zeit nicht auch eine Auszeit nehmen? Machen Sie Pause und genießen Sie Ihren freien Tag."

Meine beste Freundin schaute mich an, wir sprachen kein Wort miteinander. So etwas hat es noch nie gegeben. Gemeinsam entschlossen wir uns, den Rest des Tages gemütlich in meinem Garten zu verbringen und alle unsere Freunde einzuladen. Diese kamen dann sehr spontan, denn sie hatten ja alle Zeit und wir genossen einen herrlichen Frühsommertag. Am Abend schalteten wir den Fernseher ein und es kamen zufällig die Nachrichten. Auch hier war natürlich das Verschwinden der Zeit die erste Meldung. Wir alle wollten schon gar nicht mehr zuhören, aber am Ende sprach der Moderator noch Folgendes, was uns dann aufhorchen ließ:

„Liebe Zuschauer, das Rätsel des Tages ist gelöst. Die Zeit ist wieder zurückgekehrt. Wenn unsere Sendung vorbei ist, schauen Sie doch bitte einmal in Ihren Kühlschrank. Informationen zu Folge müssten sich dort alle Ihre Uhren befinden.

Die Zeit brauchte heute ihre wohlverdiente Pause. Ihre Uhren haben sich vom hitzigen Sekundenzählen nur abgekühlt und das überall auf der ganzen Welt. Ich hoffe, Sie hatten einen schönen Tag. Denken Sie daran: Legen Sie Ihre Uhr doch öfters einmal bei Seite und genießen Sie wie heute Ihre freie Zeit – genießen Sie Ihr Leben, wie die Uhr im Kühlschrank!"

Die Zeit ist der größte Feind des Menschen, weil nur durch ihr alles im Wandel ist und das sowohl im positiven, als auch im negativen Sinn.

Alles hat nur eine begrenzte Haltbarkeit, verbirgt sich doch hinter jedem Augenblick das Verfallsdatum. Genießen wir also den Augenblick, denn nur die Erinnerungen an schöne und unvergessene Augenblicke währen ewig.

Bratäpfel

Wie immer im Spätherbst trafen sich zwei beste Freunde zum alljährlichen Genuss frischer Bratäpfel.

Dabei führen sie auch heute wieder ein tief-gründiges Gespräch. Hören wir ihnen jetzt ein bisschen zu.

„Sag mal, findest du es nicht auch schön, wenn wir hier gemütlich unsere Bratäpfel essen?"

„Mehr als das. Du weißt, dass frische Bratäpfel mit Honig eine echte große Kleinigkeit für mich sind."

„Zum Thema „Kleinigkeit" habe ich neulich ein kleines Gedicht geschrieben. Möchtest du es hören?"

„Sehr gerne, dann beginne doch mal bitte!"

„Neulich hast du mir eine Blume gegeben,
mein Glück konntest du nicht höher heben.
Jeden Augenblick lacht sie klar und rein,
das ist wertvoller als jeder Edelstein.
Die Kleinigkeit lässt ihren Glanz erblicken,
ich kann mich kann immer daran erquicken."

„Du hast so Recht. Es ist doch im Leben fast immer so, dass man gerade in den kleinen Dingen sein persönliches Glück findet. Die Menschen vergessen dies allzu oft. Was ich dich fragen wollte: Kann man auch alleine glücklich sein oder braucht man immer irgendjemanden oder irgendetwas dazu?"

„Du selbst wärst arm, wenn du dich immer nur auf andere verlässt bzw. andere zu deinem Wohlergehen brauchst. Klar, du bist immer mit anderen zusammen und brauchst dein persönliches Umfeld. Dein Glück kannst du aber auch alleine in die Hand nehmen. Wann bist du eigentlich glücklich?"

„Glücklich bin ich, wenn ich mit meinem Inneren im Einklang bin. Du kannst so viel Ruhm und Ehre bekommen, aber der Unglücklichste auf der ganzen Welt sein. Umgekehrt kannst du mit wenig extrem zufrieden leben. Gott hat dir ein Gesicht gegeben, aber lachen musst du schon selbst. Was macht für dich das Leben aus?"

„Ich will es dir mit zwei bekannten Zitaten beantworten: Das Leben gehört dem, der es ge-
nießt. Man muss sein Leben lieben, um zu leben
und man muss es leben, um es zu lieben. Dennoch geschehen im Leben immer wieder Dinge,
die für mich unbegreiflich sind und mit denen
ich schwer umgehen kann. Kannst du mir vielleicht sagen, was du für ein Lebensmotto hast,
das dich in solchen Momenten trägt?"

„Wünsche sind wichtiger als alle Fakten. Hoffnungen und Träume sind gewaltiger als Wissen.
Genau das alles macht es aus!
Was machst du denn, wenn dir Aussichtsloses
oder Trauriges widerfahren ist?"

„Auch wenn vieles aussichtlos oder traurig er-
scheint, muss man sich immer an den Dingen
erfreuen, die einen glücklich machen. Das Leben besteht aus drei entscheidenden Elementen:
Glaube, Liebe und Hoffnung. Das ganze Leben
wird immer ein Prozess bleiben, in dem man
durch die Begegnung und Lösung von Heraus-
forderungen wachsen wird. Was denkst du über
die Zukunft?"

„Wer immer nur nach hinten schaut, der verliert den Blick für die Gegenwart und vielmehr noch für die Zukunft. Alles Schöne hat seinen Platz und währt in Ewigkeit, auch wenn der Moment schnell vergeht. Bedenke: Dein Leben spielt sich zunächst immer im Hier und Jetzt ab. Vieles kann man auch für die Zukunft nicht sagen, weil man es einfach fühlt, ob es richtig ist oder nicht."

„Nachdem beide ihre Bratäpfel gegessen haben, kommt einem der beiden Freunde eine weitere Frage: Was denkst du, wie sich die Menschen so grundsätzlich untereinander verhalten?"

„Eine schwierige Frage. Ich will sie dir beantworten: Keiner darf versuchen, andere zu führen, denn es kann sein, dass sich keiner lenken lässt. Jeder muss seinen eigenen Weg finden und nicht seinen Mitmenschen hinterherlaufen. Am besten ist es, wenn du mit den Menschen gehst, die du liebst und ihr Freund bist. Was denkst du, wenn du meine Gedanken so hörst?"

„Ist man gesund, hat viel Zeit und ausreichend Geld, so kann man sich vieles anschauen. Es mag alles groß und schön sein, aber man kann nie alles sehen und erleben! Zum Glück ist das auch nicht nötig, denn man hat immer noch sein zu Hause und den Platz, wo man wirklich hingehört. Manchmal gehen Menschen fort und kommen doch wieder an den gleichen Ort zurück. Ihr eigenes Reich ist eben nicht zu überbieten. Hast du Angst, verletzt zu werden?"

„Man darf nicht zu sehr an Menschen festhalten, denn sonst verliert man sie. Die Menschen, weshalb du weinst, sollen deine Tränen nicht sehen. Es ist klar, dass du sie von ihrer Entscheidung nicht mehr abbringen kannst. Vertraue auf die Zeit, denn sie heilt alle Wunden. Obwohl du in der Realität leben musst, darfst du stets deine Wunschträume in deinem Herzen tragen."

„Du sagst es. Nun will ich gerne mit dir über die Liebe reden. Beschreibe mir doch bitte einmal das Gefühl der Liebe aus deiner Sicht!"

„Liebe ist, wenn dir ein Mensch die Sonne schenkt, damit sie nur noch für dich scheint. Bis zum Pluto und zurück!

Solange die Liebe in deiner Seele ist, brennt das Feuer in dir und deine Welt wird um vieles reicher. Mit der Liebe ist es wie mit einer Sternschnuppe, nur besteht der Unterschied darin, dass dein Wunsch schon in Erfüllung gegangen ist, wenn du deiner Liebe begegnest.

Bist du verliebt, dann fühlst du dich frei von Sorgen und Zwängen. Durch deine emotionale Bindung wirst du größer und stärker. Geborgenheit und Liebe sind zwei Elemente, die eng zusammengehören.

Liebt dich ein Mensch, so nimmt dich dieser so an, wie du wirklich bist. Verliebt sein ist ein kribbelndes und unbeschreibliches einmaliges Gefühl.

Ist es mit der Liebe nicht so, wie mit unseren leckeren Bratäpfeln? Ich meine, mit der Liebe ist es wie mit einer Pflanze, die du im Garten deines Partners in den Erdboden setzt. Bekommt sie ihre Wurzeln, dann kannst du deine Ernte einfahren. Begegnest du also der Liebe, ist es so, als ob allezeit Sommer ist und du immer wieder diese Früchte ernten darfst."

„Ich muss dazu unbedingt ergänzen: Die Liebe ist immer nur zu Gast bei dir. Deine Gastfreundschaft lädt sie zum Verweilen ein. Genauso wie sie kommt, sie aus freien Stücken bleibt, genauso musst du sie auch wieder gehen lassen, wenn sie nicht mehr bei dir sein mag."

„Was machst du, wenn dich ein Mensch nicht mehr liebt?"

„Höre auf dein Herz, denn es gibt dir die richtige Antwort auf diese Frage. Sage dir nicht, dass du die Liebe vergessen sollst. Du kannst und brauchst sie nicht zu vergessen. Sie wird in deinem Herzen weiterleben, glaube mir. Wenn du gehst, geht mein Leben mit dir! Gehst du die Liebe mit einem Menschen ein, so bedenke, dass du zuerst wissen musst, was du willst. Du musst immer wollen, was du tust und dir dabei im Klaren sein, dass die Angst, das Liebste zu verlieren zum Leben gehört. Entwickle erst dann tiefe Gefühle für einen Menschen.

Man ist so, wie man ist auf dieser Welt. Keiner ist auf der Welt, um so zu sein, wie es andere möchten, sondern, um selbst das eigene Glück zu finden!

Hast du das alles in deinem Tiefsten verinner-licht, so kannst du dich deinem Partner öffnen und diesen schließlich auch glücklich machen.

Leben bedeutet Veränderung und selbst diese kann sich verändern, wie die Liebe selbst. So weh es tun mag, man darf den Glauben an sich selbst nicht verlieren. Manchmal muss das Herz gebrochen sein, um es wieder neu für die Liebe entfachen zu können. Du bist vorher ein Mensch gewesen und wirst es nach der Liebe wieder sein. Beziehungen kann man vertiefen, aber auch beenden. Jedes freudige Gefühl hat leider auch seine Tränen."

„Kennst du eine Bibelstelle zum Thema Liebe?"

„Wer liebt, ist geduldig und gütig.

Wer liebt, der ereifert nicht, er prahlt nicht und spielt sich nicht auf.

Wer liebt, der verhält sich nicht taktlos, er sucht nicht den eigenen Vorteil und lässt sich nicht zum Zorn erregen.

Wer liebt, gibt niemals jemand auf, in allem vertraut er und hofft für ihn; alles erträgt er mit großer Geduld.

Auch wenn alles einmal aufhört –
Glaube, Liebe, Hoffnung und Liebe nicht.
Diese drei werden immer bleiben; doch am
höchsten steht die Liebe."

„Darf man Sehnsucht haben, wenn man der
Liebe begegnet?"

„Das Gefühl der unendlichen Freude über die
Liebe steht dem Gefühl der Sehnsucht sehr
nahe. Es ist so, als ob du wie ein kleines Schiff
ruhig auf dem Ozean schwimmst. Wenn du der
Liebe entsagen musst, dann ist es so, als ob du
dich im Keller des Schiffes befindest und den
Ozean gerade nicht sehen kannst. Du musst mit
der Liebe viel Geduld haben, dann kannst du
auch immer wieder die Weite des Meeres vom
Deck deines Schiffes sehen.
Und vergiss bei alle dem nie: Sehnsucht hast du
dann, wenn du eine Sache nicht gleich oder in
absehbarerer Zeit bekommst. Lerne deshalb in
Zeiten großer oder kleiner Sehnsucht alles
selbst in die Hand zu nehmen.
Es ist dann sehr wichtig, dass du dein eigenes
Lebensgefühl findest, entwickelst und für dich
festigst."

„Warum muss man die Liebe loslassen können?"

„Obwohl es immer schwer fallen mag, musst du
stets loslassen können. Am besten lass alles los,
an dem du festhältst.

Man muss sich trennen können, um sich wieder
zu finden. Liebe mag vielleicht ein kleines Wort
sein, aber auch eine kleine Gabe ist extrem
wertvoll, wenn sie zur rechten Zeit am rechten
Ort gegeben wird. Verleumde dabei die Eifer-
sucht nicht, lass sie aber auch nicht zu tief in
dein Herz eindringen, denn durch sie wird dein
Leben nur mit unnötigem Ballast erfüllt. Es ist
schön zu fühlen, wenn es deinem Partner gut
geht und dieser Freude an seinem eigenen Leben hat. Lass ihm diese Freiheit, denn durch
seine Erfahrungen kann auch dein Leben erfüllt
werden."

„Was sagt die Wissenschaft über die Liebe?"

„Die Liebe ist ein vollkommen eigenständiges
Wesen. Die Liebe zu beeinflussen ist fatal, weil
man sie dadurch schädigen könnte. Beeinflusst

du die Liebe aber nicht, dann kann sie sehr schnell auch solche Bahnen gehen, die du nicht so haben willst. Somit ist es schwer, den richtigen Weg zu finden. Liebe bedeutet immer Kommunikation. Ohne Kommunikation ist die Liebe nichts, aber zu viel Kommunikation kann die Liebe stark einengen. Denke nicht zu viel über die Liebe nach, aber vernachlässige sie auch nicht!

Erinnere dich an das Bild mit dem Vogel, den du frei lassen musst, damit er fliegen kann. Da er dich liebt und du ihn, wird er immer zu dir zurückkehren. Alles hat seinen Platz im Leben der Menschen, auch die Liebe. Jeder Mensch ist ein Individuum, das sich in lauter Einzelbereiche – also seinen Interessensgebieten – aufteilt. Erst durch die Liebe wird der Mensch wieder zu einem vollkommenen Individuum.

Wenn man sich in das Leben eines anderen Menschen einfinden darf (auch wenn es vielleicht nur auf Zeit ist), dann hast du es geschafft, den anderen Menschen und dich als vollkommenes Individuum zu erleben. Alles bringt die Zeit mit sich, auch in der Liebe."

Urplötzlich wurde das Lesen unterbrochen, als hektisch ein vornehm gekleideter Geschäftsmann in den Laden stürmte.

„Sagen Sie mal: Gibt es ein Rezept, mit dem ich mein Leben bestimmen kann, damit es gelingt?", fragte er ganz aufgebracht. „Warten Sie mal bitte kurz. Ich glaube, da haben wir etwas Passendes in unserer Küche für Sie.", entgegnete Maria.

Fertigbackmischungen

Was macht das Leben eigentlich aus? Ist es eine Momentaufnahme und jeder der der Regisseur und Hauptdarsteller zugleich in seiner Geschichte? Wann hat man etwas im Leben erreicht? Ist man erst dann glücklich, wenn es auch andere sind? Schafft man es selbst, das Glück zu bündeln, um zu leben?

Sicherlich kennt jeder diese Fragen und hat sich diese schon mehr oder weniger oft gestellt. Jeder ist der Bäcker seines eigenen Kuchens. Egal, ob es eine Torte ist, egal ob es ein Sandkuchen wird oder gar ein Früchtekuchen – jeder Mensch hat sein eigenes Lebensrezept.

Kochrezepte gibt es wie Sand am Meer, aber Rezepte für das Leben, nein, die gibt es nicht. Woher soll man auch wissen, welche Zutaten den eigenen Kuchen gelingen lassen? Backen kann doch jeder selbst, man braucht keine Fertigbachmischungen!

In seinem Leben muss man immer wieder etwas wagen. Nur dann belohnt einen das Leben. Klar wird man seine Erfahrungen machen und es wird wie bei der Konjunktur ein stetiges Auf und Ab geben.

Auch an den Tiefpunkten des Lebens ist es so, dass es wieder einen Aufwärtstrend geben wird und gerade dies kann ein wertvoller Wendepunkt sein, an dem man sich wie neu geboren fühlt. Dazu eine kleine Geschichte:

Es gab einmal den Seefahrer Danio, der oft mit seinen Freunden unterwegs war. Sie legten stets lange Strecken von Hafen zu Hafen zurück und waren dabei immer wieder überrascht, weshalb Danio vergnügt war, als sie los fuhren. Hatten sie doch immer nur ihre Freude, wenn sie einen neuen Hafen erreichten. Warum?

Ist es nicht auch sonst so, dass aus einem Tief und einer schweren Lage zwar meist ein langer und beschwerlicher Weg herausführt, bis man endlich wieder an Land kommt? Sollte man sich nach einer Niederlage oder einem negativen Ereignis im Leben nicht wieder freuen, aufstehen und neu durchstarten? Das Leben ist in seiner Summe viel zu kurz, um allzu nachdenklich zu sein. Wie verhielt es sich aber mit dem Seefahrer Danio, wenn er in einem neuen Hafen ankam und es später wieder auf See ging?

Sicherlich ist es kurios, denn jeder muss denken, dass er nun traurig sein mochte. In einem gewissen Maße stimmte das dann auch.

Es gibt immer wieder Augenblicke, in denen man mal besser und mal schlechter gelaunt, glücklich oder traurig, besonnen oder einfach nur saugut in Stimmung ist.

Dem Seefahrer ging es auch in diesen Momenten so, als er erneut die Leinen losgelassen hatte. Gerade dann war er nämlich in Höchstform.

Man sollte in seinem Leben alles das genießen, was einem Freude bereitet. Erlebt man aber

Trübsal und Trauer, sollten sie ebenso zu einem Teil seines Lebens werden. Nur wenn man sie zu einem Bestandteil gemacht hat, nur dann gelingt es auch, das Schicksal wieder zu beeinflussen.

Menschen lassen sich manchmal von anderen verleiten oder gar Leid zufügen. Das ist das Leben. Keiner weiß, was im nächsten Moment geschieht. Nur das Jetzt und das Hier zählen wirklich. Jeden einzelnen neuen Tag sollte man ganz bewusst und intensiv erleben. Schaue in den Spiegel und sage laut und deutlich: „Ich bin das Beste, was den Menschen heute passieren kann!" Man muss sich Ruhe und Zeit im Rausch der Schnelligkeit gönnen.

Menschen sollten sich dem Druck von außen entwöhnen und sich durch einmalige Erlebnisse ihre notwendige Kraft und Energie zum Leben geben.

Freude aus alltäglichen kleinen Dingen zu schöpfen ist eine Kunst, die die Menschen immer mehr verlernen.

Im Leben ist stark entscheidend, was man aus allem macht. Bewahrt man sich die Erinnerung an all die schönen Momente, dann hat man das große Glück gefunden. Greife nach den Sternen, erlebe jede Sekunde so, als ob man sie nur einmal erleben kann. Nichts ist wiederholbar, nur die Wiederholung selbst spielt sich im Geist ab. Ein Grübeln über Vergangenes im Leben hat dabei keinen Sinn, der Blick in die Zukunft voll Zuversicht und Vertrauen, das ist das Entscheidende.

Nur wer sich selbst am meisten traut, kommt weiter in seinem Leben. Gehe deinen Weg unbekümmert und sanften Schrittes. Viele Menschen begleiten einen dabei, manche kommen, manche gehen und einige bleiben bei einem. Nur die Menschen, die gleichen Schrittes gehen, sind die Menschen, die einem wirklich auf der Reise begleiten wollen. Kreuzen sich die Wege mit Menschen, so gehe mit ihnen, gehen die Wege wieder auseinander, dann laufe ihnen nicht nach. Sie würden immer Schritte voraus sein, man würde sie niemals mehr richtig einholen können.

Nur der eigene Weg im Leben ist der Entscheidende. Nutzt man die Chance und schaut rechts und links an den Wegrand, findet man dort eine unendliche Vielzahl an Schönheiten, die das Leben reicher machen werden. Unterwegs sein und darauf achten, das ist die Devise! Einzig der Weg allein ist das Ziel zu den Wünschen. Laufe mit Freude voran und schaue fröhlich in die Zukunft, um die Gegenwart so zu gestalten, damit die Wünsche in Erfüllung gehen können. Die Zukunft im Leben hängt immer davon ab, was man im Augenblick daraus macht. Jeder Augenblick ist die Zukunft der Vergangenheit. Manchmal muss man im Leben Menschen begegnen, um zu erkennen, dass es nicht die richtigen Menschen sind!

Wann lebt man richtig? Lebt man schon oder träumt man noch? Gerade beim Nichtstun arbeitet die Seele und tankt sich in diesen Momenten auf. Viele Ziele mag jeder bereits erreicht haben, aber wie ist das wirklich mit den Zielen? Hat man eine Richtung im Leben, in die die Ziele gehen sollen?

Dem Leben muss man eine Richtung geben, damit das Boot nicht nur so vor sich hin fährt, ohne zu wissen, wohin die Reise gehen. Das Ganze einmal in einem Bild ausgedrückt:

Stelle dir vor, du bist Bogenschütze, vor dem eine Zielscheibe steht. Darauf kannst du mit deinem Pfeil und Bogen schießen. Du bist ein paar Meter daneben und hältst dein Schusswerkzeug parat. Wie treffe ich jetzt das Ziel? Ganz einfach, auf der Scheibe gibt es verschiedene Kreise, die man treffen kann. Es ist ganz egal, wo der Pfeil stecken bleiben wird, Hauptsache du bist nicht so schlecht und schießt vollkommen daneben. Trifft man mit dem Pfeil in einen Ring, dann gibt es eine bestimmte Anzahl an Punkten. Trifft man mit dem Pfeil ins Schwarze, dann hat man gewonnen.

Nicht immer trifft der Mensch genau dahin, wo er es auch haben will, aber es ist so, dass es immer wieder neue Versuche gibt, die Mitte zu treffen. Genauso ist es mit den Zielen im Leben. Verfolgen soll man diese stets konsequent und mit Scharfsinn. Sollte dein Pfeil einmal nicht treffen oder nicht in der Mitte ankommen, so nimm einen neuen Pfeil und wage einen neuen Schuss.

Jeder Schuss entscheidet mit, macht an Erfahrungen reicher und festigt in der Persönlichkeit. Immer wieder bedarf es deiner eigenen Motivation, nicht aufzugeben, um weiterhin ins Schwarze treffen zu wollen.

Stehen Hindernisse im Weg oder wird die Sicht zur Scheibe versperrt, so nimmt man eine neue Position ein, um wieder klar zu sehen. Ein Wechseln der Sichtweise ist oftmals notwendig, ebenso muss man manchmal umdenken, um sich neu zu orientieren.

Nie darf man seine Ziele aus den Augen verlieren und muss immer wieder ein Kämpfer oder eine Kämpferin sein. Jeder ist ein Meisterschütze bzw. -schützin.

Man darf niemals über Schicksale seiner Mitmenschen gehen, dabei aber auch nicht vergessen, den Pfeil immer so abzuschießen, wie man es für richtig empfindet. Die Ziele genau planen, dann hat man auch seinen Erfolg im Leben, selbst wenn es keine Fertigbackmischungen gibt.

Während die Menschen weiterhin alle fleißig in ihrem Buch lasen, sind noch ganz viele Bestellungen für Geschichten zum Mitnehmen und Weiterdenken hereingekommen.

In einer ruhigen Phase nahm die Verkäuferin Maria selbst eine Kurzgeschichte in ihre Hände und las:

Die Amsel und der kleine Baum

Am Ende des Weges durch den Weinberg stand er. Seine grünen Blätter leuchteten so stark, dass man ihn schon von Weiten hat sehen können. Viele Menschen liefen an ihm vorbei und erfreuten sich stets an seinem Anblick und noch viel mehr an den leckeren Kirschen, die es jedes Jahr gab.

Der kleine Baum schien sehr glücklich zu sein und das merkten auch seine Freunde, die Tiere des Waldes, die ihn immer wieder besuchen kamen. Ihnen gab er stets Unterschlupf, Schatten und hatte auch so manche Leckerei für sie bereit.

So ging es Jahr für Jahr, im Sommer wie im Winter. War es warm, strahlte der kleine Baum in vollem Glanz, war es hingegen kalt, so hatte man auch dann immer das Gefühl, als ob er die Sonne des Sommers gespeichert hatte und sie nun ausstrahlte. Mit den Jahren wuchs der Baum nicht mehr weiter, vielmehr schien es, als ob ein Teil von ihm unter seiner eigenen Last immer mehr wegbricht. Es war nämlich kein gewöhnlicher Baum, sondern so was wie ein Paar aus zwei Bäumen, das am Stamm ganz fest zusammengewachsen war.

Die Menschen sagten immer, dass es zwei verliebte Kirschbäume waren, die sich eines Tages entschlossen hatten, gemeinsam in den Himmel zu wachsen.

So kam es nun: Ein Teil des kleinen Baumes wurde am Ansatz morsch und es entstanden deutlich sichtbare Risse. Diese waren genau an der Stelle, die die beide bisher verbunden hatte. Der kleine Baum versuchte mit aller Kraft, die er besaß, die beiden Hälften zusammenzuhalten. Leider gelang es ihm nicht. Seine andere Hälfte machte sich nach und nach selbstständig und konnte sich nicht mehr am gemeinsamen Stamm halten.

„Ich will dich nicht verlieren, denn du bist mein Fundament. Deine Wurzeln sind auch meine Wurzeln. Mein Leben hat nur mit dir einen Sinn. Ich habe Angst, dass du nicht mehr an meiner Seite sein magst und ich ganz alleine bin. Bitte bleibe bei mir. Nur mit unseren Kräften können wir die gemeinsame Zukunft gestalten. Nur mit dir will ich die Früchte unserer Träume ernten."

Die andere Hälfte fühlte die Worte und dachte darüber nach. Sie wusste nicht, wie es weitergehen sollte. Oft haben beide schon versucht aus gemeinsamer Kraft neue Äste zu bekommen, um sich weiterzuentwickeln.

„Laufe der Liebe nicht hinterher, eile ihr auch nicht voraus, sondern gehe mit ihr.", dachte sich die andere Baumhälfte immer wieder. Doch bei allem fühlte sie sich nun doch nicht mehr wohl und so kam es, wie es kommen musste. Es war ein großer Krach, der einem durch Mark und Bein zuckte, wenn man ihn gehört hätte.

Ehe sich der kleine Baum versah, war ein Teil von ihm abgebrochen. Einfach so weg! An der Stelle, wo beide Baumhälften zusammen waren, konnte jeder eine helle und ganz frische Holzschicht sehen.

Seine bessere Hälfte war weg, über Nacht aus dem Staub gemacht. Nicht einmal richtig verabschiedet hat sie sich. Sie hat nur noch einmal den kleinen Baum fest gedrückt und ihn dann auf der Wiese am Weinberg stehen gelassen. Sowohl das Leben, als auch die Zeit des kleinen Baumes standen still. Er wusste nicht, wie ihm geschehen war.

Verzweifelt schickte der kleine Baum viele der übriggebliebenen Zweige auf die Suche nach der zweiten Hälfte. Tage- und nächtelang waren sie in den Wäldern und auf den Wiesen unterwegs, kamen aber leider ohne Erfolg zurück. Immer wieder hoffte der kleine Kirschbaum darauf, dass seine Freundin zurückkommen würde.

Leider hatte es selbst die kluge Meise es nicht geschafft, seine Botschaft zu überbringen.

Die Wunde, die der kleine Baum hatte, war nicht kleiner geworden. Sie war äußerlich deutlich zu erkennen und hat ihm in seinem tiefsten Inneren stark geschmerzt. Der Baum begann zu weinen, denn er wusste wirklich nicht mehr, wie es in seinem Leben weitergehen sollte. Sein Herz war in viele Stücke gebrochen und das tat ihm extrem weh.

Mitten im Sommer ließ er seine grünen Blätter fallen und die auch sonst so süßen Herzkirschen fielen binnen kürzester Zeit zu Boden. Seine Freunde machten sich ernsthafte Sorgen um ihn. Sie wussten einfach nicht, was sie in diesem Moment hätten tun sollen.
So kam der Hase schnell herbei geeilt und brachte dem kleinen Baum ganz viel Heu.
Damit deckte er die Wunde, die beim Wegbrechen der anderen Hälfte entstanden ist, zu. Er hoffte, dass der kleine Baum dadurch gewärmt werden würde.

Dieser jammerte nur: „Danke, mein Freund. Das ist äußerst nett von dir, aber es tut mir viel tiefer weh – in meinem Herzen!" Mit hängenden Ohren ging der Hase weg und hoffte, dass die Nähe seinem Freund gut tut.

In der Nacht legte er sich an den Baum, um ihm ein bisschen zu wärmen und Halt zu geben, denn er hatte Angst, dass dieser umfallen könnte.

Jeden Vormittag flog eine Amsel vorbei, die ihren Schnabel mit Sonnenblumenkernen gefüllt hatte. Bei jedem ihrer Besuche legte sie behutsam Kerne auf die gebrochene Stelle des kleinen Baumes und sang ihm ein fröhliches Lied. Wiederum kamen von ihm die Worte: „Danke, mein Freund. Ich glaube, dass mein Schmerz viel tiefer sitzt und mir deine Kerne nichts helfen." Die Amsel ließ sich dennoch nicht beirren und brachte weiterhin jeden Tag fleißig ihre Sonnenblumenkerne zu dem kleinen Kirschbaum. Eifrig pflanzte sie diese auf die aufgebrochene Stelle.

Ein Maulwurf sorgte dafür, dass der Baum ausreichend Wasser bekam, denn hatte dieser vor lauter Schmerz ganz vergessen, seinen täglichen Wasserbedarf zu decken. Die Wassertropfen bahnten sich trotzdem ihren Weg durch das Dunkel, denn der Maulwurf zeigte ihnen den Weg.

Einmal in der Woche war dann auch eine schwarze Katze zu Gast bei dem kleinen Baum. Ihre warmen Worte bauten ihn immer wieder sehr auf und haben ihn oft seine Tränen vergessen lassen, die er nach wie vor vergoss.

Eines Tages sagte die Katze zu ihm: „Mein Freund, du wirst sehen, dass aus jedem Schmerz eine neue Chance, eine neue Hoffnung entstehen kann. Deine Wunde wird geheilt werden und du wirst zu neuer Lebensfreude kommen. Wir freuen uns schon auf deine leckeren Herzkirschen. Alle deine Freunde sind für dich da und stehen dir in dieser schweren Zeit bei. Die Sonne spendet dir die nötige Wärme. Vertraue auf dich und sei guten Mutes."

Einige Monate gingen ins Land, dann geschah es wie aus heiterem Himmel: Die Sonnenblumenkerne, die die Amsel gesetzt hatte, haben erste Triebe bekommen.

Der Hase bemerkte es zuerst, als er gerade wieder frisches Heu auf die Wunde legen wollte.

Ganz vergnügt wartete er auf die Amsel.

Beide freuten sich zunächst heimlich über den Erfolg. Auch der Maulwurf erfuhr von der frohen Botschaft, denn die Regenwurmpost funktionierte wirklich ausgezeichnet. Und die schwarze Katze, na die war so schlau und aufmerksam, dass sie auch gleich alles mitbekommen hatte. Der kleine Baum begann sich zusehends wohl zu fühlen, denn die Tränen seines Herzschmerzes wurden immer weniger und er freute sich stark über die wachsende Sonnenblume.

Inzwischen wurde es draußen dunkel und der erste Verkaufstag im Geschäft „Süßigkeiten zum Lesen" neigte sich dem Ende entgegen. Viele waren ganz im Gedanken vertieft nach Hause gegangen. Ein paar wenige Menschen ließen sich nicht abbringen, auch noch das letzte Kapitel direkt hier im Laden zu lesen.

Die Regenbogenlampe

Es war bitterkalt, als Uli an einem späten Nachmittag kurz nach dem Weihnachtsfest seinen
gewohnten Rundgang durch die Stadt machte.
Nach wie vor lag ein Hauch von Festlichkeit in
diesen Tagen vor dem Jahreswechsel deutlich
in der Luft. Alle waren bei ihren Familien und
genossen diese ganz besondere Zeit des Jahres.
Uli sah die untergehende Sonne im tiefsten rot,
ebenso die Krähen, die vor ihm herumflogen
und in einem unbeschreiblichen Licht erschei-
nen. Fast alle Geschäfte hatten noch ihren
Schmuck von den Weihnachtstagen und auch
aus den Fenstern leuchtete es in vollkommener
Schönheit.

Alles war in eine gemütliche Ruhe getaucht, bereits in Erwartung auf den bevorstehenden Jahreswechsel.

Der kleine Antiquitätenladen war schon immer
ein ganz besonderer Anziehungspunkt für Uli
gewesen, kannte er doch Herrn Weisenheim
schon etliche Jahre. Wie oft hatten die beiden
schon über Gott und die Welt gesprochen und

sich dabei ausgemalt, wie doch alles besser sein könnte, wenn nur jeder es von Herzen wollte?

Auch am heutigen Nachmittag beschloss Uli auf einen Abstecher bei Herrn Weisenheim vorbeizuschauen. Auf seinem Weg dorthin dachte er sich nur: „Warum gibt es immer wieder Ereignisse, die Menschen von ihrem Lebensweg abbringen? Es ist extrem schlimm, wenn jemand in eine Depression verfällt. Oft kann man kaum eine wertvolle Hilfe sein. Ich muss unbedingt heute mit Herrn Weisenheim darüber sprechen."

In seinen Gedanken versunken stand Uli nunmehr direkt vor der Türe des Antikladens. Bevor er diesen betrat, warf er noch einen Blick in das Schaufenster. Hier standen viele schöne und natürlich alte Dinge. Besonders angetan hat ihn dabei diese zunächst unauffällige weiße Lampe, die schräg nach oben abgerundet war. Urplötzlich öffnete sich die Ladentür und Herr Weisenheim stand vor ihm.

„Hallo, mein Freund"

„Oh, hallo! Ich habe dich gar nicht aus dem Geschäft kommen sehen. Weißt du, ich wollte dich vor dem Jahreswechsel noch einmal besuchen, um alles Gute zu wünschen."

„Komm doch herein. Hier draußen ist es heute verdammt kalt und ungemütlich. Außerdem geht die Sonne gleich unter."
Nichts lieber hätte Uli getan und folgte seinem Freund in sein Haus, besser gesagt in seinen Laden. Hier roch die Luft nach frisch ausgeblasener Kerze und wie immer brannte im Kamin von Herrn Weisenheim ein lustiges Feuer vor sich hin.

„Setz´ dich doch bitte, Uli! Ich will dir eine leckere heiße Schokolade bringen." Bevor dieser nur ein Wort sagen konnte, war der alte Mann in seiner Küche verschwunden.

Uli nutzte die Gelegenheit und sah sich von seinem Platz aus im Geschäft um. Unordentlich war Herr Weisenheim ja schon immer:
Auf dem Fußboden lagen unzählige Bücher. Auf der Kassentheke stand ein Mini-Weihnachtsbaum, der mit acht Kugeln geschmückt

war. Daneben hatte Herr Weisenheim zwei kleine Könige stehen, die hinter ihrem Rücken ein Geschenk versteckten. Immer wieder ging sein Blick zu der Lampe im Schaufenster.

Sie ließ ihm einfach keine Ruhe und übte aufs Neue eine magische Anziehungskraft auf ihn aus.

„Die muss ich unbedingt haben", dachte er, als plötzlich Herr Weisenheim wieder vor ihm stand.

„So, hier ist deine heiße Schokolade."
Uli genoss die warme Süßigkeit und begann dabei mit ihm über seine Fragen zu philosophieren.

„Warum können Menschen depressiv werden?"

„Das ist eine wirklich schwere Frage. Ich glaube, die Menschen haben verlernt, sich mit sich selbst auszusöhnen. Würde ihr Herz schreien, sie würden ihre Ohren zuhalten. Viele hören nämlich nicht in sich selbst hinein und verkennen, was gut für sie ist. Es ist fast wie mit dem Laub im Herbst. Das verdeckt auch das Grün des Sommers.

Selbst der Schnee macht vieles unsichtbar. Die Menschen sehen nur das Laub oder den Schnee und werden traurig, weil sie vergessen haben, dass darunter das grüne Gras liegt. Uli, vergiss´ das nie, denn in deinem Leben wird es immer wieder Situationen geben, wo du an deine persönlichen Grenzen stoßen wirst.

Ist dir Schmerz widerfahren, so braucht es oft eine lange Zeit bis du diesen Schmerz angenommen und ihm zu einem Teil von dir selbst gemacht hast, damit du damit leben kannst. Nur der, der nicht zu viel nachdenkt, der kann sein Leben wirklich leben und genießen."

Als sich Uli den letzten Tropfen der heißen Schokolade von seinen Lippen leckte, setzte er zu einer weiteren Frage an:

„Sag mal, was kostet die Lampe dort im Schaufenster?"

„Einen Traum."

Uli wusste nicht, was er sagen sollte, stand aber dennoch auf und nahm die Lampe in seine Hände. Obwohl diese sicherlich wochenlang nicht angeschaltet wurde, fühlte sie sich warm an.

Herr Weisenheim drückte die Lampe an den Jungen und flüsterte: „Halte sie in Ehren. Man sagt, sie habe ein Geheimnis. Nur der, der weiß, wie man sie mit Licht erfüllt, wird es lüften können. Und jetzt geh´ nach Hause!"

„Danke und ein fröhliches neues Jahr!"

Hastig rannte Uli aus dem Laden und kam kurze Zeit später völlig außer Atem zu Hause an. Dort eilte er sofort auf sein Zimmer, wo er gleich versuchte, die Lampe anzuschließen. Mehrere Versuche ergaben aber leider immer wieder das gleiche Ergebnis: Die Lampe blieb aus, selbst die neue Glühbirne aus dem Wohnzimmer brachte keinen Erfolg.

Enttäuscht ging Uli in sein Bett und dachte weiterhin nach, wie er die Lampe doch noch zum

Leuchten bringen könnte. Gerade als er ein-schlafen wollte, blendete ihn ein farbiges Licht.

„Was das wohl sein mag?", dachte er im Halb-schlaf.

Kurze Zeit später merkte er, dass es die Lampe war, die er auf seinen kleinen Tisch gestellt hatte. Vor seinen Augen begann sie, ihm ihr schönstes Licht zu schenken. In allen denkba-ren Farben erstrahlte sie.
„Das gibt es doch nicht!"
„Gibt es schon!"

„Wie? Du kannst sprechen? Ähm, und warum leuchtest du einfach so. Ich habe doch vorhin den Stecker gezogen…."

„Ich leuchte, weil du Träume hast und eben hast du mit dem Träumen begonnen. Ich will dir et-was erzählen. Du hast heute wieder mit Herrn Weisenheim über das Leben nachgedacht. Wenn ich mich recht erinnere, dann fragtest du ihn, warum Menschen Depressionen haben können."

„Ja, Du hast uns zugehört???? Du bist doch eine ganz normale Lampe und Lampen können weder hören, noch sprechen"

„Ich kann und wie ich kann, denn ich bin keine einfache Lampe, nein, ich bin eine Regenbogenlampe, die in allen Farben der Welt erstrahlen kann, wenn ich es nur möchte. Ich will dir meine Geschichte erzählen:

Vor vielen Jahren gab es einen Händler, der mit seiner Frau in einer wunderschönen Villa auf dem Land wohnte. Beide waren sehr glücklich. Sie waren bescheiden und hatten doch alles, was sie sich zu ihrem Leben wünschten. Immer wenn einer von ihnen unglücklich oder etwas schief gegangen war, tranken sie Wasser aus ihrem Brunnen, das sie in einen einmaligen Tonkrug füllten.

Eines Tages kam ein Fremder an ihr Haus, der um Trinken bat und ebenso nicht besonders fröhlich aussah. Eben aus diesem Grunde gaben die beiden Eheleute ihm Wasser aus dem besonderen Krug. Aus Unachtsamkeit ließ der

Fremde aber diesen fallen und der Tonkrug zersprang in viele kleine Scherben. Wie du dir sicherlich vorstellen kannst, waren der Händler und seine Ehefrau sehr traurig, denn sie glaubten, dass sie das Glück nun verlassen habe.

Während beide Werkzeug holten, um den Krug wieder zusammenzusetzen, geschah etwas sehr seltsames. Die Tonscherben verwandelten sich alle in winzige lachende Gesichter und begannen sich in einer Lampe zu verstecken, die genau neben ihnen stand. Die Frau und der Mann suchten Tage und Nächte lang wie verrückt, aber von den Scherben fehlte wirklich jede Spur.

Die Lampe stand noch etliche Jahre im Hausflur der Villa, die neulich kurz vor ihrem Zerfall ausgeräumt wurde. Viele Gegenstände kamen zum Antikladen deines Freundes, auch die Lampe. Und die Lampe, die bin ich!"

Wie gebannt saß Uli auf seinem Bett und lauschte aufmerksam der Geschichte.
Ihm fehlten alle Worte, er wusste nicht, was er sagen sollte.

„So, das war die Geschichte. Ich will dir was verraten: Schau doch bitte mal auf meinen Boden, da wo du vorhin die Glühbirne in die Fassung gebracht hast." Der Junge stand auf und warf einen Blick in die Lampe.

„Nein! Das gibt es gar nicht! Das darf doch nicht wahr sein!"

Unzählige kleine lachende Gesichter blickten ihn an. Ehe er sich versah, fiel die Lampe wie von selbst auf dem Tisch um und ging sofort aus. Hektisch sprang der Junge durch sein Zimmer und suchte verzweifelt den Lichtschalter, denn er wollte unbedingt wissen, was mit der Lampe geschehen war.

Wenige Sekunden vergingen, als der Raum schließlich wieder mit Licht erfüllt war. Was war das? Die Lampe hatte sich in einen Tonkrug verwandelt. Uli traute seinen Augen nicht! Es war Tatsache: Aus der Regenbogenlampe wurde ein Tonkrug.

Vorsichtig und mit leicht zittrigen Knien fasste er danach, bis er letztendlich das Gefäß fest in seinen Händen hielt.

Beim genauen Betrachten sah er darauf folgenden Satz aus der Bibel gedruckt:

Christus spricht: „Wer aber von dem Wasser trinkt, das ich ihm geben werde, wird niemals mehr Durst haben; vielmehr wird das Wasser, das ich ihm gebe, in ihm zur sprudelnden Quelle werden, deren Wasser ewiges Leben schenkt."

„Das ist es also, was den Menschen hilft, wenn sie in ausweglose Situationen kommen, ihnen Unheil und Traurigkeit widerfährt.", dachte sich der Junge und schlief glücklich ein.

Am kommenden Morgen stand Uli schon ganz früh auf, um gleich nach dem Frühstück zu Herrn Weisenheim zu eilen. So kam der Junge mit dem Wasserkrug unter seinem Arm im Antikladen an. Sein Freund begann gleich zu reden.

„Mh, ich sehe, du hast das Geheimnis der Regenbogenlampe gelüftet. Sehr, sehr schön!"

„Aber…, ich verstehe das nicht. Erst die Lampe, die ohne Strom leuchtet, dann spricht sie auch noch und…."

„Nichts und, Uli, du warst auserwählt dafür. Nimm´ bitte Platz, denn ich will dir ein paar Gedanken zu dem Satz aus der Bibel erzählen:

„Ich lebe und ihr sollt auch leben". Das ist die Losung für das Jahr 2008. Was aber bedeutet dieser Gedanke? Glauben ist eine Einstellung des Geistes. Gott ist ein Gefühl, das du in dir trägst. Wenn du es zulässt, dann hast du Gott in deinem Leben. Öffne deinen Verstand, schärfe deinen Geist und du wirst sehen, dass es viel mehr Gott gibt, als du es dir je vorgestellt hast. Schaffe dir auf der Erde deine Reichtümer für den Himmel. Genau dort glaube ich, dass der Geist eines jeden für immer existieren wird.

Der Himmel ist das Meer, in dem die Seele der Menschen in der ewigen Liebe mit Gott vereint, schwimmen wird.

Gott sendet dir seine Engel in dein Leben. Er schickt sie zu dir, damit sie auf dich aufpassen, dass es dir gut geht und dir kein Unheil widerfährt. Sollte es wider Erwarten doch der Fall sein, dann bekommst du Engel, die dir dabei helfen werden. Gott trägt dich und wird dir helfen, deine Lebensspur wiederzufinden.

Mit den Flügeln der Zeit vergeht auch die Traurigkeit.

Bedenke bei allem: Lebe deinen Glauben, so wie du es willst. Jedem bleibt es selbst überlassen, seinen Geist so zu festigen, wie man es will. Dein Glauben ist kein Luxus, er trägt dich in deinem Leben!

Geschieht es einmal, dass du einen Blumentopf auf den Boden wirfst, so zerspringt er in tausend Stücke, die dann vor deinen Füßen auf dem Boden liegen. Es ist einfacher etwas kaputt zu machen, als es zu reparieren. Gott hilft dir, die Scherben aufzukehren und alles wieder gut zu machen. Die Scherben kannst du nicht mehr zusammenkleben und wirst sie wegwerfen. Allerdings wird es neue Töpfe geben! Damit will ich dir sagen: Vertraue auf Gott, er wird dich in deinem Leben führen. Er kennt dich wie kein anderer.

Gott hat dich und mich und alle Menschen so lieb, dass du getrost auf dem kleinen Finger seiner rechten Hand sitzen, deine Beine frei baumeln lassen kannst und genau weißt, dass er dich nicht wegstoßen wird.
Bete zu Gott, bitte und danke ihm. Vergiss beides nicht, denn nur durch das Bitten kann ich auch das Danken verwirklichen und umgekehrt.

Hat man sich etwas zu Schulden kommen lassen, wird es einem Gott durch seine Liebe vergeben. Gott hat den Tod durch seinen Sohn Jesus besiegt, denn er ist auferstanden. Wir werden durch den Tod in sein Reich übergehen. Wir tauchen ein in die unendliche Liebe Gottes ein.

Gott hält dich fest, tröstet dich und ist für dich da. Er gibt den Menschen Erinnerungen, damit sie das ganze Jahr einen bunten Garten haben. Der liebe Gott hat im Gedächtnis von jedem Menschen seinen festen Platz.

Er wird keinen Menschen verlassen, denn nur er behütet sie auf allen ihren Wegen.

Gott schenkt den Menschen Liebe und Freundschaft. Alles ist Freude von Menschen an anderen. Dabei sind deine Familie und deine Freunde genau diejenigen, die dein Herz berühren. Genau das gibt dem Leben seinen wahren Sinn!"

So ging es Tag für Tag über wirklich unzählige Jahre hinweg. Der kleine Laden wurde sehr gerne und häufig besucht. Viele Menschen bestellten sich „Geschichten zum Mitnehmen", denn jeder wollte „Süßigkeiten zum Lesen" haben.

Wenn man sich nun fragt, ob ein solches Geschäft wirklich existiert, dann gibt es eine klare Antwort:
Jeder hat seinen eigenen kleinen Laden, denn jeder schreibt tagtäglich seine Geschichte. Man muss eben nur genau hinschauen und wird merken, dass es auch hier Süßigkeiten zu finden gibt, die das Leben zu etwas ganz Besonderem machen.

So vergingen einige Jahre und Frau Mahlstein hatte stets viele Kunden zu Besuch. Zwei neue Geschichten hatte sie mittlerweile geschrieben, die bei allen reges Interesse geweckt haben:

Münzgasse 8

Es war kalt und ganz viel Schnee lag auf den Dächern, den Bäumen und überall, wo man sonst noch hätte hinsehen können. Wieder einmal war es Dezember, genauer gesagt es war der 24. Dezember. Genau an diesem Tag erlebte Jugi, ein kleiner Hund, eine einmalige, wenngleich auch außergewöhnliche Geschichte.

Alles begann damit, dass sich wie in jedem Jahr die Tiere des Waldes trafen, um das Weihnachtsfest zu feiern. In einem besonderen Schimmer leuchtete die große Tanne, um die sich alle versammelten. Weihnachten war selbst für die Tiere stets ein Innehalten von ihrem Alltag, den Sorgen und der Hast.
Heute musste keiner Essen suchen oder gar vor den Menschen wegrennen. Jugi war natürlich auch auf dem Fest und traf dort alle seine

Freunde, die ihn bisher immer begleiteten. So ließen es sich die Tiere gut gehen und feierten den Heiligen Abend voller Freude und Ausgelassenheit.

Nach ein paar Stunden wollte der kleine Hund nach Hause zu seiner Familie gehen, um sich auch mit ihnen über die Geburt Jesu zu freuen. Nicht zu vergessen ist da das Weihnachtszimmer, das schon immer etwas ganz Besonderes war, denn überall duftete es nach Leckereien, aus den Lautsprechern erklang fröhliche Musik und vor dem warmen Kamin ließ es sich sehr gut ausruhen.

Gesagt, getan: Jugi trat seinen Heimweg an. Vorher wollte er aber unbedingt einen kurzen Abstecher über den Marktplatz machen, um sich die große Krippe anzusehen. Bereits vor einigen Wochen hatten die Menschen die mächtigen Figuren dort aufgebaut. Ein riesiger Kranwagen musste herbeigeholt werden, um die Beleuchtung entlang des Daches anzubringen.

Schon aus der Ferne konnte der kleine Hund jetzt die Lichter der Stadt sehen. Überall funkelte es in dieser Nacht und die Welt erstrahlte in einem einmalig unbeschreiblichen Glanz. Endlich in der Fußgängerzone angekommen, war Jugi dann doch sehr erschöpft, denn kurz zuvor hatte er noch mit den Pferden des Weihnachtsmannes gesprochen, die am heutigen Tag eine wahre Meisterleistung vollbracht hatten. Alle Geschenke kamen rechtzeitig, vollständig und am richtigen Ort an, weshalb sie mit ihrer Arbeit sehr zufrieden waren. Letztlich wünschten sie dem kleinen Hund noch frohe Feiertage.

Jugi wollte jetzt unbedingt das Jesuskind ansehen, denn er wollte wissen, ob es sich in seiner Krippe mit seinen Eltern an der Seite auch wirklich wohl fühlte. Es musste jedoch schon weit nach Mitternacht gewesen sein, als sich Jugi direkt vor der Krippe befand.

Sachte und behutsam tastete er sich durch das Stroh bis ganz nach vorne. Glücklich und zufrieden über den Anblick, der sich ihm bot, dachte er so leise vor sich hin: „Es geht ihnen gut. Weihnachten ist so ein schönes Fest.

Schade, dass es nicht jeden Tag im Jahr sein kann, denn dann wären die Menschen auch immer nett zueinander." Viel mehr Gedanken konnte sich der kleine Hund nicht mehr machen, weil er von seiner Müdigkeit überrumpelt ganz schnell auf dem Stroh vor der Krippe einschlief.

Lange schlief Jugi nicht, ein paar Minuten vielleicht oder waren es nur Sekunden, denn plötzlich wurde er durch ein deutlich hörbares Geräusch wieder aus seinem Schlaf gerissen.

„Was war denn das?", rief Jugi mit erschrockener Stimme. Hastig rannte er um die Krippe und entdeckte, dass sich auf der rechten Seite ein roter Briefkasten befand.

Jugi rieb sich ganz fest die Augen und dachte sich: „Das gibt es doch gar nicht. Da müssen doch Geister am Werk gewesen sein. Eben stand hier noch nichts. Wie kommt denn jetzt auf einmal der Briefkasten hierher?" Als er die Worte so vor sich hin murmelte, geschah etwas

Merkwürdiges Der Briefkasten begann langsam zu leuchten und war kurze Zeit später in ein feuerrotes Licht getaucht.

An der Stelle, an der man die Briefe einwerfen konnte, stand in großen Lettern:

BITTE FOLGE MIR!

Jugi ging noch einmal rund um den Briefkasten und wusste nicht so recht, was er tun sollte. Urplötzlich öffnete sich eine kleine Türe und obwohl Jugi zunächst größer erschien als der Eingang, so konnte er doch problemlos den Briefkasten betreten.

Im Inneren angekommen verspürte der kleine Hund eine sonderbare Atmosphäre. Noch immer sah man, den feuerrot leuchtenden Kasten. Der kleine Hund schaute sich um und sah einen Pfeil, der wohl zu einem Fahrstuhl führte. Genau mit diesem Lift konnte man nach oben gelangen.

Als Jugi den Fahrstuhl betrat, gab es nicht wie in jedem Fahrstuhl die verschiedenen Auswahl-möglichkeiten für die einzelnen Stockwerke, sondern es gab nur einen Knopf. Auf dem stand: SEHNSUCHT

Jugi zögerte etwas und überlegte sich eine Weile: „Soll ich den Knopf wirklich drücken? Was wird mich da oben denn alles erwarten?" Schließlich drückte er mit seiner Schnauze die Taste und gelangte raketenartig nach oben in eine kleine Empfangshalle.

Ein heller Raum lag vor dem kleinen Hund. Zu-fällig richtete sich sein Blick auf eine unschein-bar wirkende Türe.
Neugierig ging Jugi ein paar Schritte, bis sich schließlich die Türe wie von selbst öffnete. Ein großes Zimmer kam zum Vorschein, das auf den ersten Blick ziemlich unübersichtlich aus-sah. Überall waren Briefe auf dem Boden, den Tischen und auch auf dem Fensterbrett verteilt. Die Wände waren in hellen, freundlichen Far-ben getaucht und an einer Stelle hing ein großes Bild mit einem Herzen.

Der kleine Hund blieb stehen und betrachtete sich alles in Ruhe. Eine Treppe, die mit einem Geländer umfasst war, führte in den oberen Teil des Zimmers. Schaute man dorthin, konnte man unzählige Bücher entdecken und in einer Ecke stand ein kleiner Tisch, auf dem eine Kerze brannte.

Jugi ging langsam Schritt für Schritt nach oben, wobei mit jedem Tritt sein Herz schneller und lauter klopfte. „Irgendwie muss doch jemand hier wohnen oder wie kommt es, dass eine Kerze in einem Briefkasten brennt?", fragte sich der kleine Hund.

Schließlich nahm er am Tisch Platz und sogleich ein leeres Blatt Papier in seine Pfoten. Beim Blick darauf erschien ihm eine Botschaft: „Du musst nur schauen. Ich bin da!" Erschrocken legte Jugi das Blatt beiseite und lies seinen Blick im Raum umher kreisen. Nichts! Selbst im Untergeschoß konnte der kleine Hund nichts sehen.

War es doch alles nur ein Traum? Hatte er doch zu lange bei seinen Freuden Weihnachten gefeiert und war nun viel zu müde, um klar zu denken?

Ein weiteres Mal nahm er das Blatt in seine Pfoten und traute hierbei seinen Augen nicht. Von Zauberhand geschrieben stand dort festgehalten: „Na, zweifelst du etwa? Nein, es ist kein Traum! Es ist alles wahr und jetzt leg bitte das Blatt weg, denn ich bin neben dir."

Zittrig und mit Schweiß auf der Stirn tat Jugi das, worum man ihn gebeten hatte. Er schaute vorsichtig zur Seite und hörte ein leises „Hallo!" Jugi schwieg und war wie gebannt.

„Du brauchst keine Angst zu haben. Schon seit ich denken kann, wohne ich in diesem Briefkasten. Nur weil du Sehnsüchte hast, kannst du überhaupt den Kasten sehen und nur weil du Träume hast, bist du hier herein gekommen. Freut mich, deine Bekanntschaft zu machen. Mein Name ist Ulanda."

Jugi stockte noch immer der Atem, bis er schließlich doch anfing, etwas zu reden. „Also ich, ich bin Jugi und war eigentlich auf dem Weg nach Hause." Da unterbrach ihn Ulanda mit den Worten: „Das weiß ich schon alles. Komm mal bitte mit, denn ich will dir unbedingt etwas zeigen."

Ulanda nahm den kleinen Hund an die Hand bzw. seine Pfote und führte ihn an ein großes Fenster. „Sieh mal: Da draußen leben all die Menschen. Selbst an Weihnachten schauen sie sich nicht einmal an, sie gehen gesenkten Hauptes und wirken doch immer irgendwie traurig. Es scheint so, als ob ihnen etwas fehlen würde.

Ich habe hier einen Brief, den ich vor Jahren bekommen habe. Ich möchte ihn dir gerne vorlesen, Jugi."

Solange ich mich erinnern kann, stand sie immer in meiner Parallelstraße. Eine große, rotbraune Fabrik. Viele Jahrzehnte wurde darin das schönste Spielzeug produziert. Immer an Weihnachten war das Schaufenster hell erleuchtet mit einmalig schönen Ausstellungen von Figuren und kleinen Häusern. Kinder und Erwachsene haben sich an den kalten Wintertagen ihre Nasen an der Scheibe eingedrückt, um einen Blick auf die Stadt zu erhaschen. Das war die Vergangenheit. Diese lebt immer in den Köpfen derer Menschen weiter, die sich gerne daran erinnern.

Vergangenheit kann traurig, glücklich und auch heilsam für deine Gegenwart sowie Zukunft sein. Vergangenes ist nur dann vergangen, wenn du damit abgeschlossen hast und dich frei machen kannst.

Letzten Sommer war es soweit! Die Fabrik musste Stein für Stein weichen. Wochenlang nur Lärm, Staub und gesperrte Straßen gegenüber meiner Wohnung. Nicht gerade schön, wenn bei sommerlichen Temperaturen die Fenster geschlossen bleiben müssen, weil man sonst nur den Staub der letzten hundert Jahre einatmet. Neugierig war ich dann aber schon, denn mit jedem Stück, das die Mauern hervorbrachten, konnte ich auch einiges sehen, was man sonst nicht einfach so zu Gesicht bekam.

Waren doch die Hallen stets gut verschlossen und von außen nicht zugänglich.

So kam es, dass ich eines lauen Sommerabends die übriggebliebenen Mauern der alten Fabrik betrat. Die letzten Sonnenstrahlen schienen mir aufs Gesicht und ich atmete eine leicht feuchte Atmosphäre ein, als ich auf das ehemalige Firmengelände ging.

Ein unbeschreibliches Gefühl überkam mich, als ich in den eingerissenen Büroräumen war oder durch die Produktionshallen ging. Manchmal lagen da noch ein paar Sachen, die die Menschen liegen ließen, als sie nach der Arbeit den Heimweg antraten.

Es gab einige Ordner mit Rechnungen, alte Telefonbücher, ja sogar ein kleiner Bleistift lag auf einem der Schreibtische, die allerdings schon leicht mit Schutt bedeckt waren. In der großen Produktionshalle standen zum Teil noch die Maschinen, aber auch die Stempeluhr und die Garderobe waren noch ein bisschen erhalten. So ging ich nun vorsichtig und sehr gespannt durch all die Räume, die ich ohne Probleme erreichen konnte. Draußen wurde es inzwischen langsam dunkel. Eigentlich wollte ich längst schon wieder nach Hause gehen, aber die Neugierde ließ mich dann doch noch ein wenig verweilen.

Auf dem Weg zu einem ehemaligen Besprechungszimmer stand folgender Satz an die Wand mit roter Farbe in liebevollen Lettern geschrieben:

Willst du die Liebe wirklich erfahren,
dann geh´ sie nicht suchen,
sie wird dir in deinem Leben begegnen –
meistens dann, wenn du nicht damit rechnest.

Was sollte dieser Satz bedeuten? Nur im Augenblick ist der Mensch vollkommen und das gilt genauso für die Liebe. Wenn wir den Augenblick in seiner Fülle und Schönheit auskosten, dann erfahren wir das Glück, das das Leben wirklich ausmacht.

Ist die Liebe wirklich der Schlüssel zum Sinn des Lebens?

Nun, ich würde zu gerne wissen, wie es nun wirklich mit der Liebe ist? Was macht denn die wahre Liebe aus? Gibt es diese nur an Weihnachten oder das ganze Jahr über? Was ist so besonders an diesem Fest der Liebe?

Mit großen Augen legte Jugi den Brief weg und blickte zu Ulanda. Keiner wusste so recht, was man zum anderen sagen sollte. Schließlich entgegnete der kleine Hund: „Die Antwort müssen wir finden."

Doch Ulanda unterbrach ihn: „Nicht wir, sondern du, Jugi! Deshalb bist du ja auch hier!" „Ich…, ich meine, ich alleine soll die Antworten auf die Fragen aus dem Brief finden? Wo denn? Ich müsste ja dann ganz weit reisen, um alles das zu erfahren, was da gefragt wurde. Hast Du eine Lösung, Ulanda?"

Stillschweigend legte Ulanda den Brief auf den Tisch und sagte: „Du bist die Lösung aller Fragen. Komm mach dich bitte gleich auf den Weg. Bitte folge mir zu meinem Balkon."

Hinter einem orangen Vorhang kam eine versteckte Ausgangstüre zum Vorschein und nun wurde es Zeit, dass sich Jugi langsam auf die Reise machte.

Vor seinem Start fiel dem Hund noch ein Gedicht zum Thema Liebe ein:
Wenn dein Herz bereit ist und die Liebe dir begegnet, folge ihr. Manchmal mögen die Wege schwer, kurvig und sehr steil sein, aber mit der geballten Kraft der Liebe sind sie alle zu meistern. Glaub´ an dich und besonders glaub die Liebe und vertraue fest auf sie!

„Jeder Mensch ist unterwegs in seinem Leben.", dachte Jugi, als er langsam auf der steinigen Straße lief. Auf seinem Rücken trug er eine Tasche, die ihm Ulanda mitgegeben hatte.

Jugi befand sich in einem Park mit ganz vielen Bäumen, wunderschönen Blumen und einem kleinen See. Nach einigen Schritten setzte sich der Hund auf einen der Parkbänke, um sich auszuruhen. Noch immer war ihm der Weg der Reise vollkommen unklar. Noch immer wusste Jugi nicht, wo sich sein Ziel befand und ob er wirklich die Antworten auf die Fragen aus dem Brief bekam.

Tief in seinen Gedanken versunken, kam ein Kobold an ihm vorbei und begann ihn direkt zu fragen: „Bist du etwa traurig, mein Freund? Soll ich dir helfen, dein Trübsal wegzublasen? Kostet dich auch fast gar nichts. Einen Goldtaler für eine meiner Flaschen."

Jugi wusste nun nicht, wie ihm geschah. „Ich bin gar nicht traurig. Mir geht's saugut, Partner! Außerdem habe ich keinen Goldtaler für dich. Tut mir leid."

„Leid, ja, genau, das ist es, was die Menschen stets haben. Sie kommen von einem zum anderen und nicht mehr davon los. Es ist ein Kreuz mit ihnen, aber für mich sehr gut, denn so bekomme ich ganz schnell Reichtümer. Hier, mein Freund, schau mal."

Jugi blickte sehr skeptisch zum Kobold, der eine kleine Flasche in seinen Händen hielt.

„Gestatten: Ich bin der Tränenkobold. Immer wenn einer der Menschen weint, verkaufe ich meine Flaschen und sage, dass dann das Weinen und der Trübsinn aufhören. Du glaubst gar nicht, wie viele sich auf dieses Geschäft einlassen."

Jugi entgegnete: „Aber das ist doch nicht ehrlich von dir gemeint. Die Menschen wollen tatsächlich einer oder mehrerer dieser Flaschen?"

„Ja gut, du hast Recht, mein Freund. Es ist ein Wunschdenken, aber genau das ist es, was die Menschen doch haben wollen. Sie lassen sich von so vielem leiten, dann kommt es auf eine Flasche auch nicht mehr an.
Nun ja, ich will dich mal nicht mehr weiter aufhalten. Hier, nimm! Ich will dir eine Flasche schenken. Du weißt ja nie, ob du mal eine brauchst.", sagte der Tränenkobold, stellte die Flasche auf den Boden und noch ehe sich Jugi versehen konnte, war dieser wieder so schnell weg, wie er gekommen war.

Neben der Flasche lag noch ein Stück Papier, auf dem er beim genauen Hinsehen entdecken konnte, dass darauf etwas geschrieben stand.

Jugi las mit fragendem Blick die Zahl „Acht" und konnte im Augenblick wirklich nichts damit anfangen.
Sowohl die Flasche als auch das Papierstück steckte der kleine Hund in seine Tasche und ging weiter seines Weges.

Während Jugi noch immer rätselte, wie er die Fragen aus dem Brief beantworten konnte, kreuzte kurz darauf eine Taube seinen Weg.
Diese sah den kleinen Hund an und hoffte, dass er das weiße Stück Papier, das sie an ihrem rechten Bein trug, merkt.

Behutsam ging Jugi auf sie zu. Er hoffte, dass sie nicht davonflog. Zum Glück tat sie es nicht: im Gegenteil sie kam auf den Hund zu und streckte ihm ihr Bein entgegen. Mit etwas Geschick nahm Jugi das Blatt ab und begann zu lesen:

Menschwerden kannst du nur, wenn du dich selbst kennst und bei allem, was du tust, ein Mensch bleibst.

Vergiss nie deine Schwächen und Fehler; denke an deine Stärken, habe Mut und Vertrauen in dich selbst.

Führe dein Leben nach deinen Wünschen, aber achte auf deine Mitmenschen.

Nimm diesen Brief und trage ihn in der Nähe deines Herzens. Er ist der Schlüssel zu den Antworten auf deine Fragen.

Bedenke noch eines: Lass das, was du liebst, frei. Wenn es auch dich von Herzen liebt, dann kommt es immer wieder zu dir zurück. Kommt es nicht mehr zurück, dann hat es dich auch nie richtig geliebt. Folge deinen Träumen und deine Wünsche gehen in Erfüllung.

Auf einem weiteren Blatt stand wiederum nur ein Wort geschrieben, nämlich das Wort „Gasse".

So schnell wie die Taube da war, so schnell flog sie wieder fort und der kleine Hund stand da und dachte sich, was diese Nachrichten wohl bedeuten sollten.

Gespannt folgte er dem Waldweg, der sich schier unendlich vor ihm ausbreitete. Die Bäume wurden immer dichter, die Sonne hatte es zusehends schwer, sich durch das Dickicht zu kämpfen.

Wie an jedem Ende eines Weges gabelte sich auch hier die Strecke, genau wie im richtigen Leben, wo an den wichtigen Stellen auch keine Wegweiser stehen.

Welchen Weg sollte Jugi nehmen? Rechts oder links oder doch zwischen den Wegen laufen und somit keinen nehmen?
Schließlich nahm der kleine Hund den Brief ein weiteres Mal zur Hand. Dort konnte er lesen:
Nur du sollst diesen Weg gehen, schreite voran – komm, bleib nicht stehen.

Noch während er es gelesen hatte, verschwanden die Worte schon wieder vor seinen Augen. „Alle Worte können nicht verhallen, denn die Menschen haben die wichtigsten Worte in ihrem Herzen.", dachte sich Jugi.

Schließlich sah der kleine Hund müde und erschöpft eine große Wiese vor sich. Aus heiterem Himmel tauchte plötzlich ein Heißluftballon auf. Von Geisterhand gesteuert, wurde ein Fallschirm auf Jugi herabgelassen.

Sanft fiel dieser nach wenigen Augenblicken auf den Boden, so als ob man auf genau dieses Geschenk gewartet hatte.

Jugi murmelte: „Was mag wohl in diesem Kasten sein? Soll ich ihn überhaupt öffnen?" Nach kurzem Überlegen zog der Hund schließlich die Schleife weg und zum Vorschein kam ein Stift mit einem weiteren kurzen Text.

Allerdings stand dort auch, dass man alles erst lesen durfte, wenn man hundert Schritte vorausgegangen war und dabei an all die Menschen gedacht hatte, die einem im Leben wichtig waren. Eine weitere Botschaft befand sich darin, die nur aus dem Wort „Münz" bestand.

Für Jugi war dies eine aufregende Aufgabe, denn wer soll schon merken, dass er das auch wirklich machte? Keiner eigentlich und so begann der kleine Hund den Brief zugleich zu öffnen, jedoch stand in ganz kleinen Buchstaben geschrieben:

„Gehe deinen Weg mit deinen Lieben und du wirst das Glück in deinem Rücken, vor dir und um dich herum haben.
Geh aber erst deinen Weg und lies dann weiter!"

Jugi wurde es ganz kribbelig und es lief ihm eiskalt den Rücken hinunter. „Wie kann man denn merken, was ich mache?", brummelte er vor sich hin.

Verwundert schaute er sich um, ob denn nicht irgendwo jemand war, der ihn eventuell doch auf den Arm nehmen wollte.

Nach genau hundert Schritten stand er auf einer kleinen Anhöhe und sah vor sich im Tal ein kleines Städtchen liegen. Bis jetzt hatte Jugi wirklich immer noch keine Ahnung, was geschehen könnte und ob er eine Lösung zu all den Rätseln finden könnte, die ihm widerfahren sind.

Jetzt jedoch fiel es dem kleinen Hund wie Schuppen von den Augen. „8, Gasse, Münz" Das ist doch sicher eine Straße", dachte sich Jugi, „genau Münzgasse 8!
Da muss ich hingehen, um die Antworten auf die Frage nach den Begegnungen mit der Liebe zu erfahren. Unten in der Stadt muss das sein." Trotz aller Neugier nahm sich Jugi jetzt noch die Zeit, um den zweiten Brief lesen zu können:

„Wahrheit kann sehr schmerzen, Wahrheit kann aber auch dein Herz glücklich machen. Gehe gelassen deinen Lebensweg inmitten von Lärm, Hast, Gier, Neid und Missgunst. Denke immer daran, dass auch die Dummen, die Wahrheitserfinder und vor allem auch die Überheblichen ihre Geschichte haben. Nimm auch diese an und lass sie sofort wieder los, wenn sie eine Belastung für dich werden.

Sprich deine Worte stets wahr, aber ruhig und vor allem gelassen aus. Achte auf dich selbst und meide aggressive und hämische Menschen, denn sie sind eine echte Plage für deine Seele und deinen Verstand. Vergleiche dich niemals mit anderen, denn das gibt nur bittere und große Enttäuschungen für dich. Freue dich über deine Erfolge, Pläne und ganz besonders über dein eigenes Leben.

Nimm deine Arbeit und deine Aufgaben stets ernst und wichtig, aber bleib dennoch bescheiden in allen Dingen. Innere Zufriedenheit und tiefes Glück ist der wahre Schatz des Lebens und dessen Geheimrezept.

Bleib immer du selbst und heuchle keine Zuneigung, sei aber ebenso nicht zynisch oder jähzornig.
Vergib allen deinen Mitmenschen, wenn sie dich gekränkt oder verletzt haben. Sie wissen meistens gar nicht, was sie damit angerichtet haben. Dies zeigt deinen Großmut und deine wahre Stärke.

Nimm deine eigene Geschichte an und bewahre alle unvergessenen Erinnerungen in deinem Herzen. Das ist der wahrhaft unbezahlbare Lebensschatz.

Als ein Mensch in der Unendlichkeit sei Frieden mit dir und ganz besonders auch Gott, denn er gibt dir Schutz und Halt in jeder Lebenslage.

Sei in dieser herausfordernden und unruhigen Welt stets achtsam und wachsam, aber vergiss nicht, glücklich zu werden und zu sein."

Mehrfach las Jugi diese Zeilen und immer wieder musste er an Situationen in seinem Leben zurückdenken, wo genau diese Worte mehr als die Wahrheit sprachen.

Jugi begann die Flasche des Kobolds, den Stift, den er in seiner Tasche hatte und die drei Blätter, die die Lösungsadresse darstellten zu nehmen, um ein paar Zeilen zu schreiben:

„Warum muss jeder Mensch in seinem Leben einen bestimmten Weg gehen, ohne vorher zu wissen, ob es auch der richtige Weg ist? Begegnet man der Liebe wirklich oder ist sie etwa schon in mir? Was ist der wahre Sinn des Weihnachtsfestes? Wie kann man es anstellen, dass das ganze Jahr Weihnachten sein kann?"

Der kleine Hund schrieb noch eine ganze Weile weiter, bis er ganz selbstsicher die wenigen Schritte bis zu einem Fluss ging, den man schon von weitem hörte.

Dort steckte Jugi seine Blätter und den Stift in die Flasche und lies diese ruhig ins Wasser gleiten. Ja, auch den Stift gab er mit in seine Post, denn sollte jemand seine Fragen beantworten können, gab es auch gleich eine Möglichkeit zum Schreiben, damit die Gedanken nicht verloren gingen.

Langsam wurde es dämmrig und Jugi war sehr erschöpft. „Nein, ich darf jetzt nicht einschlafen. Ich will doch heute noch zur Münzgasse 8, um meine Antworten zu bekommen.", murmelte der kleine Hund vor sich hin und machte sich trotz der Müdigkeit auf den Weg in die Stadt.

Dort endlich angekommen, betrachtete Jugi zunächst alles ganz genau. Ein bisschen musste er dann doch suchen, bis er vor einem Haus stand, das anmutend nostalgisch und einladend zugleich aussah.

Gelber Putz, grüne Fensterläden, ein Metall-
schild mit der Aufschrift „Münzgasse 8", eine
Holztür und links davor eine kleine Bank zum
Ausruhen.

„Komisch, an der Türe hängt der Schlüssel an
einem Anhänger mit einem Kleeblatt", bemerkte Jugi und las daneben folgenden Satz:
„Nur ich bin der Schlüssel zum Glück. Glück
ist beeinflussbar. Nimm´ mich mit zum Finden
deiner Antworten. Folge mir ins Haus."

Mit einem kaum zu hörenden Knarren öffnete
der kleine Hund mit dem Schlüssel. Erstaunt
blieb er im hellerleuchteten Flur stehen, denn
Jugi wusste gar nicht, wohin er zuerst gehen
sollte. Alles war äußerst reizvoll und wollte am
liebsten sofort erkundet werden.

„Was soll ich tun? Wohin soll ich zuerst gehen?
Bin ich etwa alleine hier?", fragte sich Jugi und
las einen Spruch an der Wand: „Freude im Leben ist ganz wichtig, weil Freude die eigentlich
ganz große Wäsche deines Herzens ist."

Zunächst ging Jugi durch einige Räume, bis er schließlich in einem Zimmer, das wohl das Wohnzimmer sein mag, angekommen war. Dort stand die Flasche, die der kleine Hund vorhin in den Fluss gelegt hatte.

Hastig öffnete Jugi diese und begann laut vorzulesen:

„Hallo, lieber Jugi!
Du hast mich gefunden! Ich bin der Weihnachtsbrief! Jetzt ist es endlich soweit, denn ich möchte dir heute meine Gedanken schenken, denn nur du hast die Reise auf dich genommen, um mich zu finden. Lies meine Worte und gib sie bitte an alle weiter, die danach fragen werden:

Manchmal wirst du nicht von jedem Leid verschont bleiben und es kann sein, dass dein Weg nicht immer die buntesten Blumen für dich bereithalten wird und dir bittere Tränen über deine Wangen kommen. Daher wünsche ich dir von ganzem Herzen:

Sei allezeit dankbar für alle kostbaren Erinnerungen in deinem Herzen und all die guten Dinge, die dir dein Leben schenkt.

Trage immer den nötigen Mut bei deinen täglichen Lebensprüfungen, besonders dann, wenn das Kreuz hart auf deinen Schultern liegt und wenn das Ziel schwer zu erreichen scheint. Das Licht der Hoffnung soll immer für dich hell leuchten.

Jede Gottesgabe möge in dir wachsen und in deinem Leben helfen, die anderen Menschen in ihrem Herzen froh zu machen. Gottessohn sei immer mit dir sei und du mögest allzeit innig mit ihm verbunden, wie er es sich für dich auserkoren hat.

Folge dem Stern der Heiligen Nacht, wie die auch die Hirten an Weihnachten gemacht haben.
Vertraue auf die wahre Verheißung des Sternes und lass dich davon tief erfüllen.

Jeder Augenblick ist einmalig.

Lass uns wieder lernen, den Augenblick zu genießen, zu nehmen, was ist, mit beiden Händen, hier und jetzt zu leben, bevor wir das Leben verbracht haben mit sorgenvollen Blicken in die Zukunft und den Erinnerungen an die gute alte Zeit."

Jugi kamen beim Lesen ganz viele Gedanken in den Sinn: „Wie recht der Schreiber des Briefes doch hat. Die Zeit war mehr als die gute alte Zeit. Andere Zeiten haben nicht immer das, was man sich wünscht.

Wie oft habe ich schon darüber gesprochen, ob man sich denn überhaupt Gedanken über Vergangenes bzw. vielmehr Zukünftiges machen sollte. Ich bin damals zum Ergebnis gekommen, dass es ein menschliches Denken ist, das zu machen. Allerdings bringt es einem wenig, wenn man in der Vergangenheit auf Antworten für die Zukunft sucht.

Wer nur in der Vergangenheit lebt, lebt nicht im hier und jetzt. Wer nur in seiner Zukunftswelt lebt, der lebt nicht in der Gegenwart und verpasst nicht nur das große Glück, sondern auch das kleine Glück. Kleines Glück findet und sieht man tagtäglich mehrfach.

Öffne die Augen und schärfe den Blick. Lass von schweren Dingen los und beginne damit, weniger Sorgen zu haben.

Die Zeit heilt nicht nur die Wunden der Vergangenheit und der Gegenwart, die Zeit bringt auch die Zukunft und den richtigen Weg für dich mit sich."

Lange dachte Jugi noch über alles nach. Die Worte waren und wie ein Schatz in seinem Gedächtnis vergraben. Was haben Menschen schon über das Leben nachgedacht und wie es sich entwickeln könnte.

Man wird weitaus weniger im Leben enttäuscht, wenn man sich nicht immer zu große Hoffnungen macht. Nur wer nichts erwartet, wird am Ende als Sieger dastehen. Die Liebe meint es gut mit jedem. Die wichtigsten Dinge im Leben sind Glaube, Liebe und Hoffnung.

Dann heißt es noch in dem Weihnachtsbrief: „Genieße still und zufrieden den sonnigen heiteren Tag, du weißt nicht, ob wieder ein gleicher kommen mag."

Aus Jugi sprudelten die Gedanken gerade so heraus, es war wie bei einem Wasserfall, der nicht mehr aufhören wollte zu fließen.

Jugi dachte weiter: „Also habe ich die Antworten auf die Frage nach der Liebe und dem Sinn von Weihnachten schon immer in mir gehabt und alles gewusst." Ein nicht zu überhörender Gongschlag riss den kleinen Hund aus seinen Überlegungen.

Ein Blick auf die Uhr verriet, dass es nun eine Stunde vor Mitternacht war und Jugi musste doch die Antworten noch vor dem Datumswechsel an Ulanda geben, damit es alle Menschen erfahren können.

„Wie komme ich nun wieder nach Hause?", dachte sich Jugi und ehe sich der kleine Hund versah, entdeckte er eine Balkontüre, die sich mit wie von selbst öffnete. Noch ehe sich der

Hund versah, stand er vor Ulanda in ihrem roten Briefkasten.

„Na, hast du die Antworten bekommen, Jugi?", fragte sie den kleinen Hund ganz neugierig.

„Ja, klar doch. Ich musste gar nicht viel tun, dann habe ich den gesuchten Weihnachtsbrief gefunden. Hier schau mal, Ulanda."

Als Jugi den Brief nehmen wollte, fielen im unzählig viele kleine Herzen aus der Tasche auf seinem Rücken. „Das gibt es doch gar nicht. Schau mal her. Die Herzen waren gerade noch nicht da, sprudelte es geradezu aus Jugi heraus.

„Bleib ruhig, mein treuer Freund. Das ist alles ein Teil der Antworten, die du gesucht hast.", entgegnete ihm Ulanda mit gelassener Stimme.

Während Jugi nervös auf und ab ging, las Ulanda den Brief durch und sagte schließlich: „Es ist schon sehr spät. Wir müssen den Menschen die frohe Nachricht überbringen.

Komm mal bitte mit, denn ich zeige dir meine Assistenten, die uns bei der letzten großen Aufgabe unterstützen werden."

Ulanda ging mit dem kleinen Hund aus dem Briefkasten nach draußen, wo es heute ausnahmsweise gar nicht kalt war, wie es sonst mitten im Winter der Fall war.

Neben der Weihnachtskrippe brannte ein helles Feuer, um das sich unzählige Meisen versammelt haben.
„Die! Die sollen uns helfen? Wie soll denn das gehen? Die Meisen sind doch viel zu klein, um den Weihnachtsbrief an alle Menschen zu geben und dann auch noch die Herzen.", entgegnete ihr Jugi.

„Hab keine Sorge, mein Freund!", besänftigte Ulanda, „sie sind alle eingeweiht und wissen, was sie zu tun haben. Den Weihnachtsbrief und die Herzen haben sie auch schon in ausreichender Menge. Pass mal auf."

In dieser Minute gab Ulanda das Startzeichen für die Vögel, die sekundenschnell in alle Himmelsrichtungen davon folgen.

Jugi und Ulanda blieben stillschweigend und alleine am Lagerfeuer zurück. Die Turmuhr schlug gerade Mitternacht und beide waren sehr froh, dass die Suche nach dem Weihnachtsbrief so erfolgreich gelaufen war.

Numinuma

12. Juni 2010

Hallo,

hast du schon mal ein Tagebuch geschrieben? Ich hatte es immer wieder vor, aber so richtig wurde daraus nichts. Schon zwei Mal habe ich begonnen, meine Gedanken und Gefühle festzuhalten, aber es klappte nicht.

Obwohl ich dich gar nicht kenne, schreibe ich dir diese Zeilen. Aber dies ist schon wieder viel zu viel von mir, glaube ich, da ich ja gar nicht weiß, ob du mit mir mailen magst.

Liebe Grüße von einer noch Unbekannten

14. Juni 2010

Hallo, liebe Unbekannte,

das ist ja ein Ding. Woher hast du meine Adresse? Wieso schreibst du gerade mir? Ein Tagebuch, nein sowas habe ich nicht. Wie heißt du denn?

Liebe Grüße

auch von einem Unbekannten

Eine Stunde später

Lieber Unbekannter,

es ist schön zu wissen, dass es dich gibt. Wie heißt es doch so schön: Gib der Sache einen Namen und sie geschieht.

Mein Name ist Dasha und ich wohne ganz nah bei dir und doch unerreichbar. Ein Tagebuch habe ich schon, wenn auch nur angefangen.

Mir fehlen noch wichtige Antworten auf alle meine Fragen. Wie heißt du eigentlich, du Unbekannter?

Ganz liebe Grüße aus N.

Dasha

18. Juni 2010

Hallo Dasha,

das ehrt mich aber, dass du gleich so nett zu mir bist. Ich rätsle schon, wo N. sein könnte. Also ich wohne in B. und nicht in N. Und mein Name: Ich heiße Mitti. Es ist für mich sehr angenehm, mit dir zu frühstücken. Das mache ich nämlich gerade. Frische Croissants im Ofen, ein bisschen länger backen als die Uhr anzeigt, damit sie schön knusprig sind. Außerdem schadet ein wenig bräunlicher Rand überhaupt nicht, denn da bleibt die Schokocreme viel besser haften, wenn du sie mit dem Messer darauf streichst. Das ist ein Fest für alle Sinne, Dasha! Croissants mit Schokoladencreme - ein Feuerwerk für den Gaumen! Was magst du gerne zum Frühstück? Herzliche Grüße Mitti

30 Minuten später

Hallo Mitti,

mancher muss weit wandern, um sich selbst zu finden. Kennst du diesen Spruch? Ich jedenfalls habe ihn immer unter dem Bild auf meinem Schreibtisch stehen. Du musst gar nicht so weit wandern, wie du vielleicht denkst. N. ist nah und doch so fern. Frühstücken ist für mich auch eines der Erlebnisse des Tages. Alles ist noch unberührt und neu am Anfang. Ich könnte stundenlang in meiner Küche sitzen. Mitti, wo liegt denn B.?

Grüße

Dasha

20. Juni 2010

Werte Frau Dasha,

also wenn du meine Frage nicht beantwortest, warum soll ich dir dann sagen, wo B. liegt?

Mitti

Kurz darauf

Aha! Also so ist das, mein Lieber! Wer zuerst fragt, der muss zuerst antworten oder was? Ich kann dir noch nicht sagen, wo N. ist. Dazu ist die Zeit nicht reif genug. Aber die Zeit wird kommen, ganz bald. Spätestens wenn das Jahr zu Ende geht. ... Erzähl´ mir mehr von dir, biiitttte und antworte mir ☺!

Dasha, die sich gerade wieder Gedanken um ihr Frühstück für morgen macht.

24. Juni 2010

Liebe Dasha,

sorry für die späte Antwort, aber ich war die Tage ziemlich beschäftigt gewesen und habe leider keine Zeit gefunden, dir zu schreiben. Irgendwas hat mir aber gefehlt. Es sind wohl deine Worte und deine Fragen, die mir nicht mehr aus dem Kopf gehen. Also ich bin ich und mehr wird nicht gesagt.

Ich weiß ja auch nicht, wer du bist. Aber es macht mich immer neugieriger, wer hinter Dasha steckt. Hast du ein Bild von dir? Mitti

26. Juni 2010

Lieber Mitti,

weißt du, was mir heute Vormittag passiert ist? Ich habe auf dem Jahrmarkt einen Bekannten getroffen, der mir ein Sonderangebot gemacht hat. Du kannst dir gar nicht vorstellen, was es war. Einen Tag in der Vergangenheit für nur 10 DM. Das ist viel zu teuer und was soll ich in der Vergangenheit? Dabei fällt mir ein, wenn du ständig in der Vergangenheit lebst, dann kannst du die Gegenwart und alles, was rund um dich geschieht, gar nicht wahrnehmen. Nun, ist es nicht schon genug, dass wir das Jahr 1956 haben? Obwohl jeder Weihnachtsmusik hört, habe ich mir die neuste Single von Elvis Presley „Love me tender" aufgelegt. Ach, ich vergaß: Nein, ein Bild von mir habe ich leider nicht! *lach*

Liebe Grüße Dasha

29. Juni 2010

Hallo Dasha,

das Jahr 1956? Willst du mich wohl verschaukeln?! Ich glaube, dass du dich verschrieben hast! Wir haben 2010 und nicht 1956. Außerdem ist es mitten im Sommer und die DM gibt es lange nicht mehr! Wir zahlen schon Jahren in Euro. Gruß Mitti

Eine Minute später

Wie 2010? Nein, heute ist der 20. Dezember 1956. In meiner Stadt findet gerade der traditionelle Weihnachtsmarkt statt. Alle Leute sind wie wild und aufgekratzt. Wie kommst du auf 2010? Was ist denn der Euro?????????

Liebe Grüße von einer verwirrten Dasha, die bei minus 10 Grad ziemlich friert.

3. Juli 2010

Werte Dasha,

ich bin auch vollkommen verwirrt. Erst mailen wir, als ob wir uns gut kennen. Dann denke ich, dass du im gleichen Land und zur gleichen Zeit wohnst wie ich. Und nun? Bei dir ist es 1956 und Winter? Willst du mich auf den Arm nehmen? Ich glaube, wir lassen es lieber. Und: Den Euro kennt doch jedes Kind! Die Musik von Elvis ist doch nun wirklich schon längst nicht mehr up to date.

Freundliche Grüße und weiterhin alles Gute!

Mitti

25. Dezember 1956

Hallo Mitti,

ein letztes oder vielleicht weiteres Mal möchte ich dir gerne schreiben. Reden wir nicht um den heißen Brei herum. Ich lebe im Jahr 1956 und inzwischen ist es der 25.12.1956. Der Schnee ist in diesem Jahr schon kurz vor dem Jahreswechsel gut über unsere Stadt verteilt. Obwohl es zu dieser Zeit noch keine Mails oder Internet gibt, habe ich es trotzdem. Ich habe es mir aus deiner Zeit geholt. Den Weg zu dir bzw. zu mir schreibe ich dir gerne in meiner nächsten Mail.

Jetzt will ich, dass du mir glaubst und mir vertraust.

Ich wünsche mir, dass wir uns schreiben. Im Augenblick kann ich mir keinen glücklicheren Moment vorstellen. Glück ist beeinflussbar. Glück ist, wenn ich mit dir zum Frühstück schreiben darf und ich dabei meine Seele auftanke. Wie geht es dir?

Ich denke an dich!

Deine Dasha

Zwei Stunden später

Meine Dasha,

Freude im Leben ist ganz wichtig, weil Freude die große Wäsche des Herzens ist. Du hast mir gerade eine solche gemacht. Tut mir leid, dass ich dich letzthin so verletzt habe. Ich glaube und vertraue dir. Du glaubst es mir auch, dass ich noch immer im Sommer 2010 lebe. Und ja, ich will. Ich will mit dir schreiben. Und dazu: Ich will dich sehen und kennen lernen. Wie komme ich von B. nach N.?

Dein Mitti

Gleich danach

Liebster Herr Mitti,

schon einmal habe ich dir gesagt, dass ich dir zu gegebener Zeit erkläre, wo sich N. befindet. Du machst ja auch ein Geheimnis aus B. Also, bitte. Nur die Ruhe, mein Lieber!

Weißt du, was ich gerade mache? Ich lese ein Buch über den Sinn des Lebens. Kennst du den Sinn des Lebens, Mitti? Gibt es überhaupt einen?

Draußen scheint die Sonne, sie wird wohl bald untergehen und der wunderschöne Wintertag geht vorbei. Heute war ich Spazieren am kleinen Fluss, der vor meiner Haustüre vorbei fließt. Die Menschen beginnen sich langsam auf den Jahreswechsel vorzubereiten, alles ist ganz hektisch. Aber bei dir ist ja Sommer, wie schön. … Dasha

04. Juli 2010

Liebe Dasha,

alles im Leben hat seinen Sinn. Was bleibt am Ende deines Lebens übrig? Die Gewissheit, dass du etwas für dich und andere erreicht hast. Das Leben ist wie eine lange Reise, auf der sich jeder befindet und nach seinem persönlichen

Sinn sucht. Glauben heißt hoffen und so glaube ich an meinen Sinn des Lebens. Viele Menschen müssen dazu lernen, dass sie auch auf das kleine Glück achten und nicht nur das große vergeblich suchen. Bist du mein Glück?
Dein Mitti

26. Dezember 1956
Hallo Mitti,
das kann schon sein, dass ich das bin. Aber wer weiß ... Mir fällt gerade noch zum Thema Leben ein, dass ein Schiff - in diesem Fall dein Leben - niemals nur an einem Anker befestigt sein darf. Es ist immer besser, wenn du dich an ein paar Stellen festhalten kannst.
Das Leben darf niemals nur auf eine Hoffnung beruhen. Sag mal, Mitti, woher weiß ich eigentlich, ob ich in meinem Leben etwas richtig mache?
Vielleicht in Liebe Dasha

05. Juli 2010
Ein jeder, wenn er nur nachdenkt und sich unschlüssig ist, ob die Tat wirklich in Ordnung ist, könnte etwas falsch gemacht haben. Die Folge daraus ist, dass man in seinem Handeln schon

merken muss, ob man es richtig oder falsch macht. Liebe Dasha, das ist wieder eine solche Frage. Du bringst mich ganz schön zum Nachdenken. Und überhaupt: Was heißt „Vielleicht in Liebe"?

Vielleicht auch in Liebe Mitti

27. Dezember 1956

Lieber Mitti,

inzwischen schneit es wieder und das seit heute Mittag. Ich war schon mehrfach draußen, um Schnee zu schippen und bin ganz müde. Warum ich „vielleicht" geschrieben habe? Das kann ich dir schnell beantworten. Beim Abschied merkt man besonders, was einem ein Mensch bedeutet, wenn man ihn lieb hat. Die wichtigsten Gefühle werden über den Abschied hinaus bewahrt, bis man sich wieder sieht oder spricht oder in unserem Fall liest. Immer mit voller Spannung erwarte ich deine Antworten. Sind sie auch noch so knapp, sie sind für mich.

Du schreibst mir noch immer und glaubst mir, dass ich im Jahr 1956 lebe. Solltest du auch mal über einen längeren Zeitraum nicht schreiben, so wirken deine Worte stets in mir nach. Mitti, hast du eigentlich sowas wie Gedanken, die

dich in schweren Situationen immer wieder auf-
bauen? Ich habe neulich mit einem Bekannten
auf dem Jahrmarkt gesprochen, der mir eine
ganz merkwürdige Geschichte erzählt hat. Aber
dazu irgendwann mehr.

In Liebe

Deine Dasha

06. Juli 2010

Liebe Dasha,

es geht mir mein Herz auf, wenn du mir sowas
schreibst. Auch in mir sind deine Worte immer
da und es fühlt sich so an, als ob du ganz nah
bei mir bist. So vertraut und doch noch so
fremd.

Also, Lebensmotto? Mh, mal überlegen. ... Ja,
ich habe welche: Denke nicht allzu viel über
Dinge nach, wenn du sie nicht ändern kannst.
Das Leben hat so viele schöne Dinge, die du
erst entdecken musst.

Letztes Mal hast du mich gefragt, worin der
Sinn des Lebens liegt. Ich habe dir dazu schon
geschrieben, aber eine wichtige Sache vergessen. Der Sinn zu allem liegt im Glauben. Du
darfst und sollst dich immer an Gott wenden.

Lebe bewusst, Dasha und mach aus jedem Moment etwas Positives. Lass von allem los, was du liebst und stark festhältst. Nur so kannst du alles dauerhaft für dich bewahren.

Alles im Leben hat einen Sinn, auch wenn du es erst später erkennst.

Ich muss jetzt Schluss machen, denn ich muss noch dringend in die Stadt fahren, um ein Geburtstagsgeschenk zu kaufen.

Da werde ich das Buch von Michael Mittermeier nehmen, denn das ist bestimmt der Brüller auf der Fete! Lachen ist gesund und mit dem Mittermeier kommen du und deine Lachmuskeln nämlich voll auf deine Kosten.

Auch in Liebe

Dein Mitti

Wenige Minuten später

Liebster,

du sprichst mir aus dem Herzen. Ich meine, dass der Sinn des Lebens einzig in der Liebe liegt. Teile deine Freude mit anderen und es ist eine doppelte Freude. Die Liebe bleibt dir nur, wenn sie nicht fest hältst.

Lieber Mitti, du sprichst von Glauben. Neben dem Glauben spielt auch die Hoffnung eine ganz entscheidende Rolle.

Ein chinesisches Sprichwort sagt, dass es mit der Hoffnung wie mit Zucker im Tee ist. Ist er auch noch so klein, er versüßt alles. Was hoffst du, Mitti?

In inniger Liebe und größter Sehnsucht darauf, dich endlich persönlich zu sehen!

Deine Dasha

07. Juli 2010

Meine liebe Dasha,

Mit der Hoffnung ist es wie mit Blumen. Blumen duften in der Hand, die diese verschenkt und in der Hand, die diese bekommt.

Mein Leben ist immer voller Hoffnung. Auch voller Hoffnung, dich bald persönlich kennenzulernen. Was ich dich gerne fragen wollte: Was ist für dich Liebe?

Dein Mitti

28. Dezember 1956

Werter Herr Mitti,

gerade fällt mir auf, dass ich deinen vollen Namen gar nicht kenne!

Liebe, ja was ist für mich Liebe? Eine sehr gute Frage. Ich glaube, dass Liebe das schönste Gefühl auf der Erde ist. Liebe kann man leider nicht festhalten, denn nur wenn sie frei wie ein Vogel ist, dann kann sie sich entfalten und wird nie sterben. Bist du verliebt, dann durchdringt eine erfüllende Wärme dein Herz.

Für mich ist Liebe die Hinwendung zum Augenblick, in dem du vollkommene Geborgenheit genießen kannst. Immer wieder sage ich, dass man die Liebe auch zu anderen tragen muss, damit diese wieder zu dir zurückkommt. In der Liebe wird es Momente der Sehnsucht geben, die dich heimsuchen. Mögen sie auch noch so quälend für dich sein, musst du immer an die Blume auf dem Feld denken.

Auch sie muss so manchen Wind und Regen überstehen, um wieder in voller Blüte zu leuchten. So vergeht auch deine Sehnsucht und wird zur Wiedersehensfreude.

Und noch eines, Mitti: Die Liebe ist wie eine bunte Kette von Blumen. Willst du sie festhalten, dann zerreißt du sie.

Dasha, die in drei Tagen den Jahreswechsel 1956 auf 1957 feiert und nicht weiß, mit wem.

Zwei Minuten später

Werte Frau Dasha,

auch ich weiß deinen vollen Namen nicht. Wie kommt's? In zwei Tagen ist bei dir Silvester? Da möchte ich auch dabei sein.

Sag mal, wie machen wir es denn nun mit einem Treffen? Ich will wissen, wer du bist. Ich will wissen, wo du lebst. Ich will wissen, wie es kommt, dass man 1956 schon Mails schreiben kann.

Um dann nochmal bei den Blumen zu bleiben. Ist es mit der Freude nicht auch so? Die Freude ist ein bunter Schmetterling, der sich in deinen Hochzeiten immer auf deine Lebensblume setzt.

Wie, wann und wo hast du vor, Silvester zu feiern, liebe Dasha?

Schreib mir bitte, wo wir uns treffen werden.

In Erwartung auf deine Mail.

Dein dich liebender Mitti

29. Dezember 1956

Lieber Mitti,

das ist alles gar nicht so einfach, wie du es dir vielleicht denkst. Wir leben mehr als 50 Jahre voneinander entfernt. Dieser Zeitraum ist doch wahrlich kein Hindernis für uns. Nichts ist ein Hindernis! Gib der Sache einen Namen und sie wird passieren.

Du musst nur genau machen, was ich dir schreibe und wir sehen uns übermorgen in deiner Vergangenheit. Wenn ich es richtig gehört habe, dann findet bei euch morgen ein großer Wochenmarkt statt. Bitte geh´ dorthin, du weißt schon, wo dieser ist. Dort wird dich eine Person von einem der Stände ansprechen und. ... xcytzjokdigovdujishviujscfuf ...

08. Juli 2010
Dasha,

was ist? Die wichtige Info ist verloren. ... Ich kann deine Mail nur zur Hälfte lesen. Was soll ich mit der Person dann machen? Wird sie mir den Weg sagen? Oh, bitte Liebste, schreib mir nochmals.

29. Dezember 1956
Lieber Mitti,

ich war voreilig und habe die Mail schon verschickt. Mein Herz klopft stark und meine Hände schwitzen. Ich wollte sagen, dass dort auch meine Katze sein wird. Lass dich überraschen. Bitte geh auf den Wochenmarkt und sei pünktlich. 10:30 Uhr!

Deine Dasha

09. Juli 2010 und 30. Dezember 1956

Meine Dasha,

du wirst es mir gar nicht glauben, aber ich war wirklich dort. Der Wochenmarkt war bei der Hitze voller Besucher. Ich konnte mich in der Menschenmenge gar nicht richtig umschauen.

Ganz verzweifelt war ich, denn ich habe nichts von dem gefunden, was du mir gesagt hast. Als ich dann wieder nach Hause wollte, kam eine kleine schwarze Katze auf mich zu. Vorsichtig um streifte sie meine Beine und wollte mich zu einem bestimmten Punkt führen. Also bin ich mit der Katze gegangen und war an einem Verkaufsstand am Ende der Rheinstraße.

Die Verkäuferin schaute mich an, ich schaute sie an. Mein Atem stockte und niemand sagte etwas. Schließlich meinte die Verkäuferin: „Wir haben auf dich gewartet. Schön, dass du gekommen bist und deine Suche nicht aufgegeben hast. Wie im Leben darf man nie aufgeben, denn du weißt nie, was im nächsten Augenblick alles passiert."

Nach wie vor war ich gebannt und wusste nicht, was ich sagen sollte. Ein komisches Gefühl, liebe Dasha. Du kannst mir sicherlich bestätigen, dass es jedem so gehen würde.

Also nahm ich mein Herz in die Hand und sprach leise: „Mich schickt Dasha aus dem Jahr 1956. Morgen ist Silvester und ich will den Jahreswechsel mit ihr feiern.

In ihren Mails hat sie mir geschrieben, dass ich hier die Antwort und die Lösung auf diese Frage bekomme." Schweigend sah mich die Verkäuferin erneut an, bis sie schließlich einen alten, verstaubten, braunen Koffer in der Hand hielt. „Das ist die Antwort auf alle deine Fragen und deine Sehnsucht, Dasha persönlich zu begegnen. Hier nimm!" Zögerlich streckte ich meine Hand aus und fragte: „Was soll der Spaß denn kosten?" Barsch erwiderte die Frau: „Das ist kein Spaß! Das ist die pure Realität. Und: Der Koffer kostet nichts. Wenn du wieder zurück bist aus Numi…, oh jetzt hätte ich fast alles verraten, dann wirst du schon sehen, was alles geschehen wird und was Dasha, äh ich, äh nun ja, was das alles hier soll. Beeile dich, Mitti, äh mein Lieber, äh, was sage ich denn da. Zu Hause wartet die nächste Mail auf dich."

Noch ehe ich mich umsehen konnte, war die Frau weg, die Katze schlich langsam in eine der Seitenstraßen, wobei sich der Blick auch langsam verlor. Ja, Dasha, da stand ich nun und wusste nicht, was ich mit dem alten Koffer machen sollte. Schwer war der nicht. Also beschloss ich, diesen mit nach Hause zu nehmen. Nun steht er neben mir und ich warte auf deine Nachricht, weil ich nicht mehr klar denken kann.

Es grüßt dich herzlichst Mitti, der in der Hitze des Sommers und mit den vielen offenen Fragen vollkommen von der Rolle ist.

Immer noch 30. Dezember 1956

Lieber Mitti,

alles läuft genau nach Plan. Und du bist so nett! Äh, das hat mir die Frau vom Wochenmarkt gesagt. Nicht, dass du denkst, dass ich das war. Nein. Ich war die ganze Zeit in Num... und schon wieder hätte ich mich verplaudert. Noch ist die Zeit nicht reif dafür. Nein, Mitti, noch nicht.

Also pass´ auf, mein Guter: Der Koffer ist der Schlüssel zu mir. Der Schlüssel für eine Reise über 54 Jahre zurück in die Vergangenheit. Wir haben nicht mehr viel Zeit, denn bald beginnt das neue Jahr 1957 und vorher muss ich dich gesehen haben. Freue dich darauf, denn Freude ist das mächtigste Stärkungsmittel, wie ein englischer Philosoph einmal sagte. Ich muss jetzt für Silvester einkaufen und melde mich später wieder. Leider gibt es keine Telefonverbindung in die Vergangenheit bzw. Zukunft. Also bitte hab noch etwas Geduld.

Herzlichst

Dasha, die mal wieder viel zu spät dran ist.

10. Juli 2010

Liebe Dasha,

wie warten? Ich kann nicht mehr länger warten. Der Tag hat nun mal nur 24 Stunden und bei dir naht 1957 in ganz großen Schritten. Nun gehe ich raus in meinen Garten, denn es hat schon lange nicht mehr geregnet und ich muss gießen. Später schaue ich nach deiner Mail aus der Vergangenheit.

Ob das alles was wird, ich weiß nicht so recht. Irgendwie glaube ich nicht an das, was mir geschieht.

Mitti

31. Dezember 1956, 07:15

Hallo Mitti,

nun wenn du mir nicht glaubst, dann antworte mir bitte auch nicht mehr. Ich kann keine weiteren Tiefschläge ertragen.

In meinem Leben gab es leider schon genügend Momente, in denen ich verletzt wurde und dann sehr unglücklich war. Kennst du das Gefühl nicht auch? Was machst du dann immer? Ich habe kein Rezept.

Ach, da fällt mir ein, dass du mir ja nicht mehr schreiben wirst und mich schon gar nicht besuchen magst. Nun ja, leb´ wohl, Mitti. War nett, dass du mir deine Zeit geschenkt hast.

In ewiger Erinnerung

Dasha

11. Juli 2010, 08:45

Nun ja, liebe Frau Dasha, das habe ich so nicht gesagt bzw. geschrieben. Ich liebe, äh mag dich doch so sehr. Deine Mails fehlen mir, wenn du mir nicht antwortest. Jedes Mal, wenn ich mein Postfach aufmache, schaue ich voller Sehnsucht, ob du an mich gedacht hast. An dich muss ich immerzu denken. Schicksalsschläge habe ich auch schon viele im Leben gehabt und ich kann dir sagen, Dasha, dass sie mich nicht gerade glücklich gemacht haben.

Das steht mal fest. Ob ich da ein Rezept habe? Nein, habe ich nicht. Immer wieder sage ich mir, dass die Zeit viele Wunden heilt und dann sage ich mir noch, dass alles in meinem Leben einen Sinn hat. Gib der Sache einen Namen und sie geschieht. Wir haben einen Namen und darum lass es geschehen.

Wenn ich es richtig sehe, dann ist bei dir in N., wo auch immer das liegt, Jahreswechsel. Heute möchtest du mich treffen, um diesen gemeinsam mit mir zu verbringen. Ich bin bereit! Um 24 Uhr ist es zu spät. Liebste Dasha, was muss ich tun, damit ich die 54 Jahre in die Vergangenheit reisen darf. Den Koffer habe ich natürlich noch bei mir stehen.

Dein Mitti

31. Dezember 1956, 10:37

Liebster Mitti,

mein Herz schlägt schnell und laut, wenn ich deine Mail lese. Ich freue mich so, dass du an mich denkst und mir doch noch schreibst. Warum alles in der Welt sagst du immer, dass der Tag nur 24 Stunden hat und dann alles vorbei ist? Also wir hier in Numin... haben den Jahreswechsel immer um 25:00 Uhr. Da dachte ich, dass du bei mir bist, Mitti. Aber das geht wohl irgendwie nicht.

Jetzt weiß ich im Augenblick auch nicht weiter und gehe mal den alten Mann in unserem Dorf fragen, denn der weiß sonst auch immer alles. Warte bitte, denn ich schreibe dir gleich die Lösung, sobald ich sie habe.

Deine Dasha

11. Juli 2010, 11:15

Liebste Dasha,

während du gerade zu dem alten Mann gehst, wollte ich dir ein kurzes Erlebnis erzählen:

Du erinnerst dich doch vielleicht noch an die kleine schwarze Katze, die mich auf dem Wochenmarkt zu dem Stand der Frau mit dem Koffer geführt hat? Ja? Nun, diese Katze ist seit einigen Tagen bei mir auf dem großen Feld hinter meinem Garten. Vor Jahren habe ich dort immer wieder Getreide und manchmal auch Gemüse angepflanzt, jetzt allerdings wachsen dort nur noch Gras und viele schöne Blumen.

Ich beobachtete die kleine Katze, wie sie heimlich um die Blüten schlich und sich behutsam zum Schlafen in den Schatten, den der große Kirschbaum am Ende des Feldes bietet, legte. Fast glaube ich, dass die Katze auch an meine Terrassentür geht und nach mir sucht, ich kann mich aber auch täuschen. Nun ja, das mal von mir.

Liebe Grüße

Dein Mitti, der sehr neugierig auf deine Antwort vom alten Mann ist und sich ebenso nach deinen Worten sehnt.

31. Dezember 1956, 11:58

Lieber Mitti,

dann ist sie also schon da, äh, das ist doch was! Soso eine kleine schwarze Katze ist bei dir auf dem Feld. Ist sie gerade zu sehen, Mitti? Schau doch mal bitte.

Was denkst du, hat der alte Mann gesagt? Ich meinte, dass du dir einfach eine 25. Stunde schenken lassen solltest. Aber wie, wenn doch eure Uhren in dieser modernen Welt keine haben? Schau doch bitte mal nach der Katze. Vielleicht hört sie ja auf den Namen Herr Araschu? Schreib´ mir dann bitte gleich! Ich warte auf dich!

In Liebe

Deine Dasha

11. Juli 2010, 12:05

Dasha,

ich bin von den Socken! Also von vorne: Ich gehe raus in den Garten und schaue - nichts! Leise und unbemerkt bewege ich mich weiter zum Feld, von dem ich dir geschrieben habe. Ein Blick hier, ein Blick dort. Warum ist gerade heute die Katze nicht zu sehen? War es doch ein streunendes Tier, das nur vorübergehend Unterschlupf bei mir gesucht hat? So dachte ich es für einige Augenblicke. Aber dann habe ich den Namen gerufen und wie vom Erdboden herausgeschossen kam die kleine schwarze Katze zu mir angetrabt. „Araschu" sagte ich ein weiteres Mal und sie sah mich ruhig an.

Weißt du, Dasha, was dann geschehen ist? Ich habe ihr die Geschichte mit der 25. Stunde erzählt und hatte den Eindruck, dass sie mir aufmerksam zugehört hat, weil sie ihren Kopf leicht nach links gedreht hat, wie es Katzen für gewöhnlich tun, wenn sie etwas zu essen haben wollen.

Als ich wieder ins Haus gehen wollte, folgte mir die Katze nach und sie sitzt jetzt neben mir. Welche Rolle hat sie in dem ganzen Spiel?

Dein aufgeregter Mitti

Einige Minuten später

Geehrter Herr Mitti,

wo auch immer du lebst, denn ich weiß ja bis heute nicht, wo und was B. ist, die Katze ist der Schlüssel zur 25. Stunde. Nur durch sie kannst du dir die Zeit nehmen, um diese einmalige Gelegenheit zu nutzen.

Der alte Mann sagte mir, dass Herr Araschu in der Lage ist, am Silvestertag 1956 die Zeit so zu manipulieren, dass du mich besuchen kommen kannst. Glaubst du mir noch immer? Du musst im Leben immer an etwas glauben und dann auch hoffen, dass es geschehen wird.

Jetzt erhol dich bitte ein bisschen, dann weihe ich dich in meinen Plan für heute Nacht ein.
Deine Dasha

11. Juli 2010 13:45

Liebste,

ich bin fit wie ein Paar neue Turnschuhe. Mir geht's saugut, besser ging's nie.

Ich bin bereit. Bereit für einen Zeitsprung in die Vergangenheit, raus aus deiner Zukunft, rein in eine andere Welt.

Bald ist es soweit, liebe Dasha.

In gut zwölf Stunden ist Tages, äh, Jahreswechsel. Wie kommt's, ich sitze hier mitten im Garten im Hochsommer und rede von Jahreswechsel. Wo soll ich hingehen? Dein sehnsüchtiger Mitti, der neben sich Herrn Araschu hat.

31. Dezember 1956, 15:20

Mein Mitti,

Herr Araschu weiß Bescheid, was er machen muss. Du kannst mir voll und ganz vertrauen. Er kennt die Stunde und den Tag, die Minute, den Augenblick, an dem sich der alte Koffer vom Wochenmarkt öffnen wird und dich in die Vergangenheit bringt. Ich bekomme schon

Herzklopfen, denn es ist in wenigen Stunden soweit. Dann koche ich mal was Leckeres zu essen. Was magst du haben?

Deine Dasha

11. Juli 2010, 16:40

Liebe Dasha,

wie kannst du jetzt schon an Essen denken? Ich werde immer nervöser, wenn ich auf die Uhr schaue. Aber, wenn du meinst! Im Winter, was ja gerade bei dir ist, esse ich gerne Bratapfel mit Honigsoße und ein wenig Nüssen, das Ganze mit vielen Gewürzen verfeinert. Aber bitte ohne Rosinen! Ich hasse Rosinen!!!!! Aber nein, das kann ich nicht von dir verlangen. Wir sehen uns und das ist doch mehr wert als so ein Essen. Ich muss jetzt nochmals weg, dann schaue ich hier wieder rein. Dein Mitti.

31. Dezember 1956, 19:45

Werter Freund,

mach dich bitte langsam startklar und sage Herrn Araschu einen herzlichen Gruß von mir. Er soll jetzt aufbrechen und zur Stadtkirche gehen. Dort wird die Hintertüre leicht geöffnet sein, damit er ungehindert in den Turm kommt.

Er möge dort warten, bis die schlaue Eule Zelwen ihm eine Nachricht aus Numinuma überbringen wird.

Ja, du hast richtig gelesen: Numinuma - dorthin wird deine Reise gehen.

Übrigens, die Äpfel sind schon bereitet, der Honig und die Nüsse ebenfalls. Würzen musst du dann schon selbst. Ist es nicht wie im Leben, Mitti? Dort musst du doch auch die richtigen Zutaten finden und ganz besonders auf die Würzmischung kommt es an. Ich werde dir dann alles zeigen.

Hier schneit es ziemlich, also zieh dich warm an und vergiss bitte nicht ...

11. Juli 2010 20:05

Was denn? Was soll ich nicht vergessen? Dasha, bitte schreib mir deinen Satz zu Ende. Ich weiß gar nicht mehr, wo mir der Kopf steht. Bitte schnell!!!

Kurz darauf

Sorry, Mitti, da habe ich zu früh auf „Senden" gedrückt. Also bitte vergiss nicht, dass du auf keinen Fall den Koffer hinter dich schließen darfst. Das hätte fatale Folgen für uns alle.

Den Koffer musst du auflassen und warte bitte, bis sich dieser auch von selbst öffnet. Alles hat seinen Sinn und darf nicht verändert werden.

Im gleichen Augenblick

Liebe Dasha,

Herr Araschu ist in Richtung Stadtkirche unterwegs und will um spätestens 24:50 Uhr da sein. Was auch immer er damit sagen wollte, weiß ich leider nicht.

Nun lege ich mich ein bisschen in den Liegestuhl, genieße den warmen Sommerabend und trinke einen kühlen Tee. Ich hoffe, ich kann mich dabei entspannen, denn ich bin wahnsinnig nervös.

Weißt du, Dasha, wie ich mir vorkomme? Total merkwürdig. Ich liege im Hochsommer mit Wintermantel, Schal und Mütze im Liegestuhl. Die Sonne wandert langsam über den Berg am Ende meines Gartens und ich warte auf den Jahreswechsel 1956 auf 1957, eine Zeit, die es gar nicht mehr gibt.

Würdest du gerne mal in der Vergangenheit leben, Dasha? Wie machst du es mit deiner Vergangenheit? Wo bewahrst du sie dir auf?

Dein schwitzender Mitti, der nicht weiß, wann 24:50 Uhr ist.

31. Dezember 1956, 22:25

Die Vergangenheit ist dein Leben, die Gegenwart ist dein Leben und auch die Zukunft ist dein Leben. Alles hat seinen Platz, alles hat seinen Raum, alles hat seinen Sinn.

Ist die Gegenwart Vergangenheit, dann ist die Zukunft Gegenwart und umgekehrt. Lebe im Augenblick, sorge dich nicht um die Zukunft.

Liebe, Glaube und Hoffnung werden dich tragen. Alle Erinnerungen schließe fest in dein Herz. Sind sie auch noch so bitter, lasse sie zu, denn nur dadurch bist du zu dem geworden, der du jetzt bist. Ich freue mich auf dich!

Der Duft der Bratäpfel verbreitet sich jetzt schon durch das ganze Haus.

Herr Araschu wird in diesem Moment meine Nachricht bekommen. Es ist fast soweit, Mitti. Die Augenblicke sind gezählt! Du wirst merken, dass es gar nicht schlimm ist, einfach mal so für eine Stunde in die Vergangenheit zu reisen. Glaube nur an mich wie an dich selbst. Versprich mir, dass du wirklich keine Angst hast. Ich warte schon auf dich!

Voller Sehnsucht deine Dasha

11. Juli 2010, 23:30

Liebe Dasha,

also bei mir ist es jetzt kurz vor dem Tageswechsel. Die Sonne ist seit Stunden untergegangen und es weht ein kühler Luftzug um meine Nase. Ein lauer Sommerabend, wie er im Buch steht. Ich hole mir jetzt den Koffer zu meiner Seite und bleibe online.

Mitti

31. Dezember 1956, 23:56

Mitti,

dein Ticket nach Numinuma ist gelöst. Herr A-raschu hat mir ausrichten lassen, dass er in Kürze die Uhr an der großen Stadtkirche für eine Stunde anhalten wird. Dann soll es geschehen.

Schau bitte weiterhin auf deinen Bildschirm, ich schreibe dir gleich, wie es weitergeht.

Deine Dasha, der das Herz bis zum Hals klopft und die schon mächtig Appetit auf den Bratapfel hat.

11. Juli 2010, 23:58

Liebe Dasha,

es ist gleich Mitternacht und ich weiß nicht mehr ein noch aus. Wo ist die 25. Stunde? Wo ist Herr Araschu? Ich …

Genau in diesem Augenblick flog die Eule Zelwen auf den Sims der großen Stadtkirche. Es war schon ein Graus bei einem solchen kalten Winterwetter vor die Türe fliegen zu müssen.

Mit allen Mühen versuchte sie den Glockenturm zu erreichen. „So was aber auch!", dachte sie sich, „wie soll denn da einer nur an das Zifferblatt kommen? Die Menschen bauen schon komische Dinge. Aber was solls, es nützt ja alles nichts. Ich habe es Dasha versprochen. Im Leben bekommt man eben nichts geschenkt."

So gedacht flog die Eule und setzte sich auf den großen Zeiger, der gerade vor der 12 stand und somit den neuen Tag oder besser gesagt das neue Jahr einläuten wollte.

Clever war die Eule. Sie steckte einen kleinen Zweig zwischen das Zifferblatt und dem Zeiger, so dass sich wirklich nichts mehr bewegen konnte.

„Jetzt aber schnell zu Herrn Araschu fliegen, die Zeit drängt!", schoss es ihr durch den Kopf und schwubs war sie auch schon bei der Katze.

„Du, du kannst jetzt los. Auf! Geh mit Mitti nach Numinuma. Ihr habt nur einmal diese Stunde. Die 25. Stunde gibt es nur ein einziges Mal in einem Leben.", schrie die Eule zu Herrn Araschu. Dieser machte sich schnell auf den Weg, um Mitti zu erreichen. Diesen sah die Katze ganz verzweifelt an seinem PC sitzen, weil er noch immer auf eine Antwort von Dasha wartete. Es sah fast so aus, als ob er ein bisschen weinte, weil er seine Hände vor den Augen hielt.

Noch bevor Araschu zu ihm ging, schlich sie sich zum Koffer vom Jahrmarkt. „Und, bist du bereit?", fragte sie den Koffer. „Klar, es kann losgehen, Araschu. Komm´ weck ihn auf oder besser gesagt: Mach dich bemerkbar. Die Zeit drängt. Die Zeit ist sowieso der größte Feind des Menschen. Hast du Zeit, hast du ein schlechtes Gewissen, weil du sie nicht richtig nutzt. Hast du keine Zeit, dann ärgerst du dich, weil du deine Vorhaben nicht umsetzen kannst. Jetzt los!"

So geschah es dann auch. Herr Araschu ging wie auf Samtpfoten durch das Wohnzimmer von Mitti und begann leise zu schnurren.

Noch immer schien der Mann so sehr mit seinen Gedanken beschäftigt zu sein, dass er die Katze nicht wahrnahm.

„Was mach ich bloß? Was mach ich bloß?", fragte sich Herr Araschu. „Jetzt hab ichs, ich werde am Tischbein kratzen."

Just in diesem Moment erschrak Mitti. Er sah die Katze und war sofort putzmunter. Sein Herz klopfte schnell und laut, so dass man es bis zum Hals hören konnte.

„Was ist? Was ist los? Ist alles schon vorbei? Hab´ ich es verschlafen?" sprach er vor sich hin.

„Nein, nein, hast du nicht, Mitti.", begann die Katze in zu beruhigen. „Wir machen jetzt eine kleine Reise, denn Dasha wartet bereits auf dich."

„Wer spricht denn hier? Hallo!", kam es ganz ängstlich über Mittis Lippen.

„Hier, Mitti! Hier bin ich, Herr Araschu ist da, um dich zu holen. Jetzt komm mal bitte mit mir.

Dort drüben steht der Koffer vom Wochenmarkt. Der Koffer ist der Schlüssel zu deinem einstündigen Abstecher nach Numinuma, Mitti", sagte die Katze ganz hektisch, denn die Zeit vergeht in der 25. Stunde ganz besonders schnell.

Mitti ging wie in Trance zu dem Koffer, der in der äußersten Ecke seines Wohnzimmers stand. Die Dimension von Raum und Zeit verlor an Bedeutung.

Er lief wie auf Federn, sein Fernseher kam ihm sehr groß vor, die Möbel verschwammen vor seinen Augen und der Koffer brachte ziemlichen Nebel hervor. Mitti fühlte sich so klein, als ob man ihn in eine Streichholzschachtel hätte legen können. Auch Herr Araschu schien auf einmal winzig.

Näher an den Koffer gelangt, öffnete sich dieser und es kam ein weißes Tuch zum Vorschein, das wie eine Leiter aussah.

„Da, lieber Mitti, da musst du reingehen. Hab keine Angst, denn ich bin ja bei dir. Es wird schon alles gut gehen. Alles Gute!"

„Nein, Herr Araschu, da gehe ich nicht rein. Woher soll ich wissen, dass es überhaupt alles stimmt? Woher soll ich wissen, dass es Dasha wirklich gibt? Nein, keine tausend Pferde können mich in den Koffer bringen!"

Ratlos stand die schwarze Katze vor dem Koffer und wusste nicht so recht, was sie nun machen sollte. Einerseits hat sie Dasha versprochen, dass sie Mitti in der 25. Stunde zu Besuch mitbringt, andererseits könnte das Zeitfenster zu klein gewesen sein, dass Mitti schon auf seinem Hinweg wieder nach Hause musste.

Was Mitti nämlich nicht wusste ist, dass man auf jeden Fall wieder vor dem Ende der 25. Stunde zu Hause sein musste, denn sonst würde man für immer in dem Koffer leben und kann erst in 100 Jahren wieder rauskommen.

Wie das Schicksal es so will, schlägt es immer dann zu, wenn man am wenigsten damit rechnet und so auch gerade jetzt. Mitti wurde geradezu von dem weißen Tuch umschlungen und in die Höhe gezogen. An der anderen Hälfte des Tuches hing Herr Araschu, denn nur er kannte den Weg zu Dasha nach Numinuma.

Nun ging es noch viel schneller. Es war geradezu wie eine Fahrt mit einem Schlitten auf vereister Bahn. Auch wenn es Mitti wie Stunden vorkam, so waren es nur wenige Sekunden und die beiden standen mitten auf einem alten Marktplatz. Aus der Ferne konnte man leise Musik hören. Die Lichter aus den Häusern waren hell erleuchtet. Ringsum richteten die Menschen alles für den bevorstehenden Jahreswechsel vor. Von weitem konnte man schon erste Feuerwerksraketen hören. In der Luft lag dieser leicht brenzlige Geruch, wie wenn man gerade eine Kerze ausgeblasen hatte.

„Und jetzt? Was soll ich denn nun hier? Aus meiner Nacht hast du mich gerissen, hier in die Kälte. Wo bin ich denn überhaupt? Herr Araschu, sag doch mal was!", forderte Mitti ganz aufgeregt die kleine schwarze Katze auf.

„Mitti, bleib´ bitte ruhig. Ich werde dich sicher zum Ziel führen. Sei ganz herzlich willkommen in Numinuma! Hier wohnen deine Sehnsucht, deine Hoffnung, deine Liebe und deine Zuversicht. Komm doch mal mit!", forderte Herr Araschu ihn auf. Wir werden nun den Weg finden, der dein Leben für immer verändern wird. Unterwegs erzähle ich dir eine kleine Geschichte:

Ich habe einmal von einem Wanderer gehört, der in die Welt auszog, um auf alle seine Lebensfragen die passenden Antworten zu bekommen. Viele Orte musste dieser heimsuchen, bis er endlich zu einer Frau kam, die weit oben in den Bergen wohnte. Auch sie wusste keine richtigen Lösungen, gab ihm aber eine Flasche, ein Stück Papier und einen Bleistift mit. Der Wanderer sollte das aufschreiben, was ihn am meisten bewegte und dann in den Fluss am Ende des Berges werfen. Gesagt - getan und so kam es, dass der Mann folgende Fragen zu Papier brachte:

Woran glaubst du?
Was ist Liebe?
Welchen Sinn hat meine Lebenszeit?

Nun, lieber Mitti, wirst du dir sicherlich überlegen, wie es weiter ging. Das aber kann ich dir jetzt noch nicht verraten, denn noch ist es ein Geheimnis.", fuhr Herr Araschu fort.

Während dieser die kurze Geschichte erzählte, liefen er und Mitti durch unzählige Seitengassen der Stadt. Alles war mehr als nur verwinkelt, überall waren die Menschen auf den Beinen und warteten auf den kurz bevorstehenden Jahreswechsel.

„Schon komisch, ich lebe jetzt für einen Augenblick meines Lebens in der Vergangenheit, in einer Zeit, in der ich noch gar nicht geboren war.", bemerkte Mitti zum stillschweigenden Herrn Araschu.

Genau in diesem Moment kamen beide an ein Haus, das von außen schon sehr alt und zerfallen aussah. In der Dämmerung der Straßenlaterne konnte man gar nicht richtig sehen, dass es sich wohl um sowas wie eine alte Fabrik handelte.

„Na, was ist denn, Mitti? Jetzt sind wir so nahe am Ziel und du stehst da wie eine Salzsäule, die nur darauf wartet, dass sie mit Wasser übergossen wird.", schmunzelte Herr Araschu.

Schweigend gingen die beiden durch die Eingangstüre auf der stand „Fabrik der Träume". Aufmerksam betraten sie die Eingangshalle, von der aus ein großes Treppenhaus zu erahnen war. An einigen Stellen brannten kleine Kerzen, was dem Ganzen eine sehr anheimelnde Atmosphäre gab. Die erste Treppenstufe und dann Stück für Stück wandelten beide dem Obergeschoss entgegen. Entfernt konnte man sehen, dass sich weiter oben ein Zimmer befand, das ein helles Licht ausstrahlte. Das Herz von Mitti klopfte mit jeder Treppenstufe schneller und lauter. Schweißtropfen bildeten sich auf seiner Stirn und irgendwie hatte er das Gefühl, als ob ihm die Stufen einen Streich spielen wollten. Immer wenn er eine Stufe hinter sich ließ, kamen zwei neue hinzu. Eine Fatamorgana? War es doch nur ein Tagtraum?

So genau konnte man das wohl nicht richtig sagen. Wie auch immer, Mitti und Herr Araschu kamen dann doch an und standen in einem Raum, der in einem wunderschönen weißen Ton gehalten war. Die Wände waren weiß, die Stühle, der Tisch, das Sofa und der Sessel. Leise flüsterte eine Stimme: „Nur ich kann die Melodie deines Herzens hören."

Wieder ein Spruch, der mit Liebe zu tun haben musste. Die Rätsel nahmen echt nicht ab. Alles schien jedoch zusammenzupassen, aber trotzdem hatten Mitti und Herr Araschu noch nicht alle Puzzleteile zusammen, um sich ein endgültiges Bild machen zu können.

Beim genaueren Umschauen sahen beide eine Ecke, in der ein Computer mit geöffnetem Mailprogramm stand.

„Herr Araschu, in welcher Zeit leben wir denn nun? Wie kommt der PC hierher?", schüttelte Mitti verständnislos seinen Kopf.

Durch die großen Fenster und dem hellen Licht konnte man sehen, dass es in diesem Moment anfing zu schneien. Der Winter war hier in Numinuma schon immer sehr lange und kalt. Noch ehe sich die beiden versahen konnten, begann es auch im Raum zu schneien. Keiner aber fror. Der Schnee blieb auch nicht liegen. Nein, hier im 1. Stock schien alles mit einer weißen Schicht bedeckt zu sein, aber es ist kein Schnee. Es musste hier immer Winter sein. So wie im Winter die Natur ruhte, war hier wohl auch alles erstarrt.

Noch einmal flüsterte es aus der Ferne „Nur ich kann die Töne deines Herzens hören".

Eine Weile kam es den beiden wirklich wie in einem Traum vor. Träume sind der Sonntag der Gedanken. Der Augenblick war wohl unendlich, denn Herr Araschu und Mitti standen noch immer in der Mitte des Raumes.

„Schau mal, Mitti, dort an der Wand da hängt ein Herz!", sprach Herr Araschu ganz kleinlaut.
„Dort, ja, jetzt sehe ich es auch! Das war eben noch nicht da oder?", kam es Mitti ganz verwundert über die Lippen.
Das Herz an der Wand pulsierte ganz stark, es begann zu leuchten und urplötzlich öffnete sich eine Türe rechts neben dem Fenster, wo es keiner vermutete.

„Wo ist denn nun Dasha? Wir haben auch nicht ewig Zeit, der Jahreswechsel zu 1957 steht bevor und wir müssen sie vorher sehen, bevor es zu spät ist.", sprach Mitti so vor sich hin. Mittlerweile hörte es auf zu schneien und warme Luft wie im Frühsommer durchflutete den Raum.

„Mitti, Herr Araschu! Hier bin ich. Hier drüben. Könnt ihr mich sehen? Ich bins, Dasha!", kam es aus einer wirklich anderen Ecke des Raumes. Stille. Wie bei einem Standbild oder Gemälde. Auch wenn der Schnee vergessen war, hatten beide keinen Begriff dafür, was hier wirklich abläuft.

„Äh, hallo.", kam es Mitti über die Lippen. Herr Araschu ging gewohnten Weges auf Dasha zu. Es war so als ob er ihr sehr vertraut war.

„Da seid ihr ja endlich! Ich habe schon gedacht, dass ihr gar nicht mehr kommt. Die Zeit ist sehr knapp. Wir müssen uns beeilen. Hier in der „Fabrik der Träume" liegt die Wahrheit, Mitti. Nur die Wahrheit ist es, die Freude wecken, aber auch sehr wehtun kann. Nur wer die Wahrheit verträgt, der verträgt auch den Schmerz und den Trübsal, die Freude und den Erfolg. Oft musst du auch um die Wahrheit kämpfen und dir dabei folgenden Satz vor Augen halten:

Wer kämpft kann verlieren.
Wer nicht kämpft, hat schon verloren.

Es ist allerdings immer wieder die Frage, wofür es sich lohnt zu kämpfen und ebenso wie lange. Wer keinen Mut zum Träumen hat, hat keine Kraft zu kämpfen.", sprach Dasha, die sich mittlerweile auf einem der weißen Sessel niedergelassen hatte.

Dasha war ebenso in einem weißen Kleid gehüllt. Von weißen Spitzen umgeben schimmerte es in einem fast ultraweiß (wie die Waschfee sagen würde).

„Nun, ihr beide. Genug gesagt. Schaut mal, was ich hier habe?", fragte Dasha ganz geheimnisvoll und zog dabei die Flasche hinter ihrem Rücken hervor, von der Herr Araschu erst vorhin auf dem Weg gesprochen hat.

„Wie kommt die Flasche hier her?", fragte Mitti entsetzt.

„Nun, ich will es dir sagen, denn alles war bisher ein großes Geheimnis. Du kennst doch die Geschichte vom Wanderer? Nun will ich dir diese zu Ende erzählen und auch die Antworten auf die Fragen geben. Übrigens: Auch die Mails, die wir geschrieben haben, sind alle echt.

Alles ist echt, was du hier siehst. Herr Araschu genau wie ich, wir alle leben. Nur leben wir nicht in deiner Zeit. Die Menschen haben es vergessen, was es wirklich heißt, glücklich und zufrieden zu sein. Im Laufe der Zeit haben sie verlernt mit dem kleinen und großen Glück umzugehen. Der Glaube hat sie verlassen, die Hoffnung aufgegeben und die Liebe spüren sie auch nicht mehr so wie wir. Alles ist taub geworden, betäubt von Rache, Gier, Neid und Hass. Ist es nicht schlimm????

Du, lieber Mitti, wirst etwas in deine Zeit nehmen, das dich immer an diesen Augenblick erinnern wird und über Sorge, Angst und Freude hinweg begleiten und trösten wird. Herr Araschu muss dich vor dem Jahreswechsel zu 1957 wieder nach Hause gebracht haben, damit du nicht für immer in einer Zwischenwelt lebst. Das wäre schlimm, denn in der Zwischenwelt leben viele Geister. Alles, was du in deinem Leben hinter dich gelassen hast an traurigen Erlebnissen musst du in der Zwischenwelt überwinden, um wieder da anzukommen, wo du hingehörst.

Und pass auf, Mitti! In der Zwischenwelt leben auch Gestalten, die dir mein Geschenk abnehmen wollen. Es sind Lügner und Betrüger. Sie versuchen dich um den kleinen Finger zu wickeln, damit du ihnen nicht mehr entkommen kannst.

Was rede ich solange, Mitti. Bitte komm´ mit mir. Ich will dir etwas geben.", so sprach Dasha.

Ein Blick auf die „Numinuma-Zeit" verriet, dass es nur noch wenige Minuten bis zum Jahreswechsel waren. Vor dem Fenster konnte man schon die ersten Menschen sehen, die sich versammelt haben, um das neue Jahr zu begrüßen. Aus der Ferne hörte man die ersten Raketen krachen und einige Böller pfeifen.

Während Mitti mit Dasha in das Nebenzimmer ging, meinte sie so: „Ich glaube, dass das Leben ein Gefühl ist, das jeder für sich fühlt. Die Frucht deines Lebens ist eine Blüte aus allen Dingen, die du vollbracht hast. Das Gefühl am Abend ist das Ergebnis deiner Erlebnisse am Tag, das Gefühl kannst du auf dein ganzes Leben übertragen. Aber: Das Leben ist eben manchmal kein Zuckerschlecken!

Im Leben muss man eigentlich immer wieder etwas wagen. Nur dann belohnt einen das Leben. Bewahre dir die Erinnerung an all die schönen Minuten, die dir bisher in deinem Leben widerfahren sind.

Grüble nicht über Vergangenes in deinem Leben, blick´ in die Zukunft voll Zuversicht und Vertrauen auf dich."

„Nun müssen wir aber wirklich los, Mitti! Komm´, denn die Zeit wird immer knapper und du willst doch nicht in der Zwischenwelt hängen bleiben!", rief Herr Araschu aus dem anderen Raum den beiden zu.

„Warte noch bitte kurz, Mitti. Ich will dir noch drei Dinge mitgeben. Hier nimm! Es sind drei rote Koffer.

Einen gibst du der Person, die dich in der Zwischenwelt danach fragt. Der Koffer hat ein Zahlenschloss.

Der nächste Koffer ist für Herrn Araschu, damit dieser wieder gut zu mir zurückkehren kann. Schau, Mitti, dieser Koffer hat ein kleines schwarzes Bändchen am Griff.

Und der letzte Koffer, der letzte Koffer, der ist natürlich für dich. Diesen darfst du erst aufmachen, wenn Herr Araschu wieder hier in Numinuma ist. Versprich mir, dass du das nicht vorher tust. Sonst werden alle Sehnsüchte, Träume und Hoffnungen der Menschen auf der ganzen Welt verschlungen sein.

Das willst du doch nicht oder, Mitti?", fragte Dasha ihren Besucher in einer fremden und doch so vertrauten Welt.

„Nein", entgegnete Mitti und nahm die drei Koffer an sich. Wie in Zeitlupe begann sich das Zimmer hinter ihm zu verkleinern. Alles wurde verschwommen und Dasha war nicht mehr zu sehen. Herr Araschu und Mitti gelangten zu dem braunen Koffer, mit dem sie auch hierhergekommen waren.

Wie von selbst öffnete sich der Koffer und zog die beiden samt den drei roten Koffern in sein Inneres. Einige Sekunden vergingen, in der sich Herr Araschu und Mitti wie in einer leeren Materie befanden. Alles um sie war dunkel und die Luft roch modrig. Wie in einem alten Koffer eben. Sollte das nun die Zwischenwelt sein?

Kurze Zeit darauf befanden sich beide auf einer Terrasse.

Einen wunderschönen Blick hatten sie auf die vor ihnen liegende Landschaft. Rechts und links gab es unzählige Mohnblumen, in der Nähe war ein See und dahinter lagen Berge. Wolkenloser Himmel. Mitti und Herr Araschu gingen langsam die Treppen von der Terrasse hinab, die auf beiden Seiten mit einem edlen Geländer umgeben war. Um das Geländer wuchsen wilde Pflanzen in allerlei Farben.

Jeder Schritt brachte die beiden von der Zwischenwelt zurück nach Hause. Noch immer war Mitti stark beeindruckt von allen Worten und Dingen, die in der vergangenen Stunde passiert waren.

Am Ende der Treppen angekommen, folgte kurz eine kleine Allee, die komplett mit grünen Blättern in den verschiedensten Facetten zugewuchert war. Am Ende stand eine fast unsichtbare Gestalt, die sich den beiden in den Weg stellte.

„Nun, ihr beide habt mir doch sicherlich etwas mitgebracht oder? Ihr wollt doch euer Leben nicht hier in der Zwischenwelt verbringen?

Noch mag es alles liebreizend und fröhlich aussehen.

Aber wartet nur ab, bis die 25. Stunde vorbei ist und die Turmuhr den nächsten Tag einläutet. Dann wird sich alles hier ändern.

Gebt ihr mir ein Geschenk, dann lasse ich euch weiterziehen und ihr kommt noch rechtzeitig zu Hause an. Also, was ist?", fragte die Figur, die sich nicht einmal vorgestellt hatte. Es klang fast so, also ob sie den Text jahrelang auswendig gelernt hatte, um ihn dann in einem richtigen Augenblick, wie diesen, aufzusagen.

Mitti und Herr Araschu schauten sich verdutzt an. Ein bisschen mulmig war es den beiden schon, aber sie ließen sich nichts anmerken. Nein, im Gegenteil! Mitti gab dem Geist den vorgesehenen roten Koffer mit der Zahlenkombination.

„Hier, für Sie!", kam es selbstbewusst, aber mit einem Unterton einer zittrigen Stimme über die Lippen von Mitti.

„Jetzt wollen wir bitte weitergehen!", forderte Herr Araschu die zwielichtige Gestalt auf.

Insgeheim hoffte er, dass er diese mit seinen deutlichen Worten nicht zu sehr verärgert hat und beide nun für immer festgehalten wurden.

Wie auch immer kam es anders als gedacht, denn noch ehe sich beide versahen, hat sich die Person mit samt dem Koffer in Luft aufgelöst. Einfach so aus dem Nichts in das Nichts.

Beider Blick war einzig und alleine auf das helle Ende des grünen Tunnels gerichtet, dort wo wohl der See seinen Anfang nahm. Es kam ihnen dennoch so schier unendlich vor. Herr A-raschu ermutigte Mitti, den Weg zu gehen und bis zum Ziel zu laufen.

Die Hoffnung stirbt bekanntlich immer zuletzt, heißt es so schön. Noch ein Moment verging, bis Mitti und Herr Araschu an das Ufer des Sees ankamen. Sein Wasser war in einem tiefen grün gefärbt und sah schon ziemlich mystisch aus.

Was entdeckten die beiden in diesem Augenblick? Sie sahen auf dem Grund des Wassers, wie Mitti und Herr Araschu wieder zu Hause waren und den herrlichen Spätsommertag genossen.

So geschah es dann und wie von Geisterhand gelenkt, wurden beide wieder in Mittis Wohnung zurückgebracht.

Urplötzlich saß Mitti an seinem PC und bekam sogleich eine Mail von Dasha.

1. Januar 1957, 0:21
Lieber Mitti,
bist du gut angekommen? Wie war dein Weg nach Hause? Halte bitte kurz inne, denn du wirst dir gleich sagen, dass alles nur ein Traum war und ich gar nicht existieren kann. Du wirst dich irren, mein Lieber. Schau doch einfach mal, was da neben dir auf dem Boden steht und ob Herr Araschu auch noch da ist. Weißt du: Zur Weggenossenschaft gehören beide Gaben - nicht bloß ein gleiches Ziel, auch gleichen Schritt zu halten.
Deine Dasha, die im Zuge von allem ganz vergessen hat, dir einen Bratapfel anzubieten.

12. Juli 2010, 12:24
Liebe Dasha,
ja, wir sind wieder gut zu Hause angekommen. Puh, was war das noch für ein Erlebnis in der

Zwischenwelt! Jetzt muss ich kurz innehalten bevor ich dir weiter schreibe.

Nein, es war kein Traum, es war alles echt. Es gibt dich wirklich! Den einen roten Koffer haben Herr Araschu und ich in der Zwischenwelt einem fast unsichtbaren Mann gegeben.

Jetzt werde ich die schwarze Katze wieder zu dir nach Hause schicken, denn ich kann es kaum erwarten, dass ich den dritten roten Koffer öffnen darf. Was mache ich aber nun mit dir. Du, meine Liebe?

Dein dich immer noch liebender Mitti, der es nun auch schade findet, dass es keine Bratäpfel gab.

1. Januar 1957, 10:35

Mein lieber Mitti,

ja, es wird Zeit, dass Herr Araschu wieder zu mir nach Hause kommt. Ich vermisse ihn sehr, noch mehr vermisse ich dich.

Aber du wirst noch sehen, dass ich dennoch immer bei dir sein werde.

Warte noch eine Weile, bitte.

Dasha

12. Juli 2010, 16:20

Liebste Dasha,

unser Herr Araschu ist bereit zur Heimreise. Ich werde dir diese kurze Mail schreiben und dann den roten Koffer für ihn öffnen.

Dann warte ich wie versprochen und werde den dritten Koffer aufmachen. Schreiben wir uns dann danach immer noch? Ich hoffe schon!!!

Mitti

1. Januar 1957, 12:24

Werter Herr,

jetzt warte ich erstmal auf Herrn Araschu und du wartest bitte auf das, was danach passiert. Und vergiss eines nicht: Ich wünsche dir das Allerbeste auf der ganzen Welt.

Erlebe die Liebe, wie du sie dir wünschst, denn du weißt: Nicht indem man die Liebe sucht, kann man sie finden, sondern nur indem man ihr begegnet.

Deine Dasha

12. Juli 2010, 18:23

Liebe Dasha,

Herr Araschu ist zu dir unterwegs. Er müsste in Kürze bei dir sein und kann es kaum erwarten.

Aber auch ich nicht. Was wird nun aus dem dritten Koffer?

Dein sehr ungeduldiger Mitti

Nun geschah einige Tage nichts mehr. Es kamen keine Mails mehr von Dasha, es schien, als ob alles nur eine Vision war. Der Jahreswechsel zum Jahr 1957, die Begegnungen mit Herrn Araschu und Dasha sowie alle persönlichen Nachrichten, die auf Mittis PC nur so eingingen.

Dann war es endlich soweit!

Wie an jedem Nachmittag machte sich Mitti eine Kanne Tee und setzte sich in seinen Liegestuhl. Heute war es ein wunderschöner Spätsommertag und die Sonne schien. Es war so, als ob sie nochmals ihre volle Kraft und Wärme ausstrahlen wollte, bevor auch hier der Herbst begann.

Mitti saß also auf seinem Stuhl und dachte an nichts Besonderes, als plötzlich der rote Koffer komische Geräusche machte.

Zuerst konnte man es gar nicht wahrnehmen, dann aber immer öfters und deutlicher. Wie von einer Mücke gestochen sprang Mitti auf und lief zu dem Koffer.

„Irgendwie steht der nun ganz anders da. Die Schlösser, ja die Schlösser sind auch offen. Wie kommt's? Ich habe doch gar keinen Schlüssel dazu. Hallo, ist hier jemand?", sprach Mitti mit leicht zittriger Stimme leise vor sich hin.

Nichts. Nichts war zu hören. Nur das Rauschen der Bäume in seinem Garten, die sich von dem Herbstwind bewegten.

Stille. Absolute Stille. Mitti stand wie angewurzelt und sah gebannt auf den roten Koffer, der in einer Ecke seines Wohnzimmers stand.

Goong! ... Goong! ... Goong! ...
Mitti fuhr es durch Mark und Bein, aber es war nur seine Wanduhr, die 17:00 Uhr läutete und nicht der geheimnisvolle Koffer hier. Allerdings öffnete sich mit dem letzten Gongschlag und dem Verhallen der Uhr der Koffer ganz leicht und langsam.

„Was geht hier vor?! Hallo, ist hier wirklich niemand?!", schrie Mitti voller Verzweiflung und Verwunderung durch den Raum.

Schnell genug war er aber, dass er sich mit seinem Brieföffner bewaffnen konnte. Das Erbstück von seiner Großtante war noch nie richtig zum Einsatz gekommen, heute scheint aber der große Tag dafür zu sein.

Noch einmal raschelte es leise als sich Mitti umdrehte und anschließend den Koffer vollkommen geöffnet sah. Nichts, aber auch nichts war darin zu entdecken. Alles doch nur ein Scherz? Mitti, der noch immer den Brieföffner krampfhaft in seiner rechten Hand hielt, ging auf den Koffer zu und begann die Innenseiten mit seiner linken Hand zu befühlen.

„Fühlt sich alles sehr samtig und weich an.", dachte er sich, als er plötzlich an eine Stelle kam, die etwas erhöht war.

Zunächst sachte, dann immer kräftiger versuchte Mitti das Futter zu entfernen. Zum Glück hatte er noch immer den Brieföffner, mit dem sich der Stoff gut ablösen ließ.

Nach kurzer Zeit kam ein gelblicher Umschlag zum Vorschein auf dem Stand „Für Mitti" und weiter unten in kleinen Buchstaben „von Dasha".

Mitti nahm den Brief und setzte sich, um diesen zu öffnen. Mit Herzklopfen begann er gleich zu lesen:

Lieber Mitti,

heute ist es soweit! Du hast mich gefunden. Meine Freude ist tiefer als der tiefste Ozean der Welt und noch viel weiter als bis zum weitesten Planeten und zurück.

Du hast die weite Reise zu mir nach Numinuma auf dich genommen. Du hast mir immer vertraut und dich lenken lassen.

Du hast stets deinen Mut aus deiner Liebe geschöpft, nur damit du meine Zeilen in deinen Händen halten kannst.

Weißt du, Mitti, dass sich Ziele der Hoffnung nur durch immer neuen Mut zum Vertrauen erreichen lassen? Selbst wenn es manchmal sehr lange dauern mag, findest du dein Glück. Man muss im Leben vieles aushalten können, denn auch ein Weg mit tausend Meilen muss mit einem Schritt begonnen werden.

Ich wünsche dir, dass dich meine guten Gedanken überall erreichen, wo du auch bist und was du auch tust. Sie mögen dich einhüllen in das wohlige Gefühl einer immer nahen Person, die einfach da ist, ohne dass jemand etwas dafür tun oder bestimmtes leisten muss. Ob es nun dein Partner, deine Freunde oder deine Familie ist, das bleibt dir überlassen.
Es können und dürfen aber auch alle auf einmal sein, wenn du es möchtest!

Ich wünsche dir von Zeit zu Zeit einen sehr guten Gesprächspartner, dem du einfühlsame Fragen stellen und dabei auch gleichzeitig aufmerksam zuhören kannst.

Ich wünsche dir von Zeit zu Zeit die eine oder andere ruhige Stunde in deinem Leben, in der du wieder Kraft für neue Taten schöpfen kannst. Alles möge voller Ruhe oder auch Ausgelassenheit sein. Hauptsache ist, dass du dich hierbei vom Strudel des Alltags zurückziehen kannst und für dich bist.

Ich wünsche dir von Zeit zu Zeit die Chance, deine Träume zu träumen, deine Wünsche und Visionen zu sehen und dabei nie zu vergessen, dass du allem nur einen Namen geben musst und es wird geschehen.

Ich wünsche dir von Zeit zu Zeit die Zeit, deinen Glauben zu vertiefen und auch zu festigen, denn dein Glaube ist der sichere Hafen im hektischen Auf und Ab deines Lebens.

Ich wünsche dir von Zeit zu Zeit die Freude an der Freude der anderen zu erkennen. Es ist ein hohes Gut und zugleich das wahre Geheimnis des Glücks.

Ich wünsche dir, dass du jeden Tag die Gelegenheit findest, dir etwas Gutes zu gönnen, um zu wissen, das nur das hier und jetzt zählt und nicht das, was vielleicht kommen mag oder bereits geschehen ist.

Ich wünsche dir, dass du dein Leben lang die Liebe erfährst, die du dir stets von Herzen wünschst. Liebe ist nicht nur eine Brücke zwischen zwei Menschen, Liebe ist der Schlüssel zum Sinn des Lebens.

Ich wünsche dir, dass du in jedem Augenblick in Dankbarkeit für alles, was dir geschenkt wird, verbunden bist und alles so erleben darfst und genießen kannst, wie du es dir wünscht.

Dein Leben ist ein Geschenk, du alleine darfst es auspacken und nur du alleine wirst sehen, was du im Vertrauen auf Glaube, Liebe und Hoffnung noch alles in deine Erinnerungen schreiben darfst. Nur wer sich gerne erinnert, der lebt nicht nur einmal.

Lieber Mitti,

damit sind wir am Ende unseres Weges. Möge Numinuma immer in deinem Herzen sein.

Mögest du allen Menschen einen kleinen roten Koffer schenken, wie du ihn heute von mir bekommen hast.

Gib bitte diesen Koffer in Form von Taten und Worten weiter. Nur so kannst du im Kleinen vieles erreichen, was den Menschen gut tun wird. Lass´ es dir gut gehen und pass´ auf dich auf.

Deine Dasha, die immer da ist, wann auch immer du es möchtest.

Wie es weiter geht

Mit diesen Worten endet zunächst die Geschichtensammlung „Süßigkeiten zum Lesen". Frau Weisenheim hat auch weiterhin viele Jahre danach noch treue Kunden in ihrem Geschäft in der Rheinstraße gehabt und unendlich viele „Geschichten zum Mitnehmen und Weiterdenken" den Menschen gegeben.

Zum Ende des Jahres 2012 allerdings wurde es langsam Zeit, das Geschäft zu schließen, da die Inhaberin ihren wohlverdienten Ruhestand genießen wollte. Zu diesem Zeitpunkt aber geschah etwas sehr Merkwürdiges, was im zweiten Teil zu diesem Buch mit dem Titel „Weihnachten auf Schloss Fantasie" festgehalten ist.